熊秉明

著

熊秉明文艺三书

看蒙娜丽莎看

上海人民出版社

目 录

新版题词 & 照片   001

画家 & 画论   001

看蒙娜丽莎看   003

关于《看蒙娜丽莎看》的一点补充   015

达利的两张画   018

认识毕加索   027

关于梵·东根   037

为冠中画作序   046

盆花——谈常玉的画   056

人体 & 艺术

黑人艺术和我们   065

关于人体艺术   077

朴态艺术   092

西方人与裸体   100

艺术家与模特儿 106

说"气韵生动" 119

再说"气韵生动" 128

尸体 135

雕刻 & 展览

佛像和我们 151

从米开朗基罗到罗丹 167

一个头像的分量 175

陌生的罗丹 183

谈贾科梅蒂的雕刻 189

展览会的观念——或者观念的展览会 197

奥林匹克雕刻公园里的徘徊 208

关于鲁迅纪念像的构想 219

巡回展之后 222

我们的 1999 年 228

新版题词 & 照片

这文集是我放下铁钻焊镜·坐在书桌
前执笔默思的一些收获、你曾目击也
右过这考题·好到书之心·第一本要送你·

绥安

一九八八年 三月

1998 年，熊秉明和陆丙安同回母校参加北京大学建校 100 周年庆典时在未名湖畔留影

画家＆画论

看蒙娜丽莎看

一

面对一幅画，我们说"看画"。

画是客体，挂在那里。我们背了手凑近、退远、审视、端详、联想、冥想、玩味、评价。大自然的山水、鸟兽、草木，人间的英雄与圣徒、妇女与孩童、爱情与劳动、战争与游戏、欢喜与悲痛，都定影在那里，化为我们"看"的对象。连上想象里的鬼怪与神祇、天堂与地狱、创世纪和最后审判；连上非想象里的抽象的形、纯粹的色、理性摆布的结构、潜意识底层泛起的幻觉，这一切都不再对我们有什么实

达·芬奇《蒙娜丽莎》

际的威胁或蛊惑。无论它们怎样神奇诡谲，终是以"画"的身份显示在那里，作为"欣赏"的对象，听凭我们下"好"或者"不好"的评语。

欣赏者—欣赏对象。

这是我们和画的关系。我们处于一种安全而优越的地位，享受着观赏之全体的愉快、骄傲和踌躇满志。

然而走到蒙娜丽莎之前，情形有些不同了。我们的静观受到意外的干扰。画中的主题并不是安安稳稳地在那里"被看""被欣赏""被品鉴"。相反，她也在"看"，在凝神谛视、在探测。侧了头，从眼角上射过来的目光，比我们的更专注、更锋锐、更持久、更具密度、更蕴深意。她争取着主体的地位，她简直要把我们看成一幅画、一幅静物，任她的眼光去分析、去解剖，而且估价。她简直动摇了我们作为"欣赏者"的存在的权利和自信。

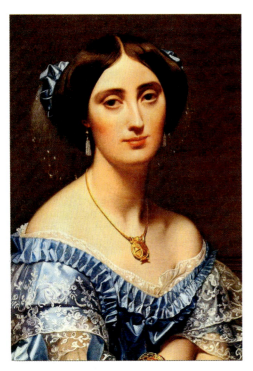

安格尔《阿尔伯特公主肖像》

也并非没有在画里向我们注视的人物。

像安格尔（Ingres 1780—1867）的那些贵妇与绅士，端坐着，像制成标本的兽，眼窝里嵌着瓷球，晶亮、发光，很能乱真，定定地瞅过来，然而终于只是冰冷的晶亮的瓷球。这样的空虚失神的凝视当然不给我们什么威胁。

像提香（Titian 1490—1576）的威尼斯贵族男子肖像，眼瞳里闪烁着文艺复兴时代贵族们的阴鸷和狡诈，目光像浸了毒鸩的剑锋，向你挑战。他们娴于幕前和幕后的争权夺利，明枪暗箭，在瞥视你的顷间，已估计了你的身世、才智、毅力、野心以及成败的概率。

像伦勃朗（Rembrandt 1606—1669）的人物，无论是老人、妇人、壮者以及孩子，他们往往也是看向观赏者的。他们的眼光像壁炉里的烈焰，要照红观者的手、面庞、眼睛、胸膛，照出观者腑脏里潜藏着的悲苦与欢喜。把辛酸燃烧起来，把欢乐燃烧起来，把观者的苍白烘照成赤金色……

这样的画和我们的关系，也不仅只是"欣赏者—欣赏对象"的关系。它们也有意要把我们驱逐到欣赏领域以外去，强迫我们退到存在的层次，在那里被摆布、被究诘、被拷问、被裁判、被怜悯、被扶持、被拥抱。

三

而蒙娜丽莎的眼光是另一样的，在存在的层次，对我们作另一种要。

她看向你，她注视你，她的注视要诱导出你的注视。那眼光像迷路后，在暮色苍茫里，远远地闪起的一粒火光，耀熠着，在叫唤你，引诱你向她去。而你也猝然具有了鸥枭的视力，野猫子的轻步，老水手观测晚云的敏觉。

四

有少女的诱惑和少妇的诱惑。

少女的。在她的机体发育到一定的时刻，便泛起饱和的滋润和鲜美。皮肤的色泽，匀净纯一之至，从红红到白白之间的转化，自然而微妙，你找不到分界的迹象。肢胴的圆浑，匀净纯一之至你不能判定哪是弧线，哪是直线，辨不出哪里是颈的开始，哪里是肩的消失。你想努力去辨析，而终不能，而你终于在这努力里技穷，瞠然、哑然、被征服。少女自己未必自觉吧。一旦自觉，也要为这奇异的诱惑力感到吃惊而羞涩、不安、含着歉意，但每一颗细胞，每一条发光的青丝并不顾虑这些，直放射着无忌惮的芬香。

有少妇的诱惑。她在心灵成熟到一定的时刻，便孕怀着爱和智慧，宽容与认真，温柔与刚毅，对生命的洞识和执著。她的躯体仍有美，然而锋芒已稍稍收敛了。活力仍然充沛饱满，然而表面的波轮已稍稍平静了。皮下的脂肪已经聚集，肌肤水分已经储备，到处的曲线模拟果实的浑满。她懂得爱了，而且爱过，曾经因爱快乐过，也痛苦过，血流过，腹部战栗过，腰酸痛过。她如果诱惑，她能意识到那诱惑的强度和所可能导致的风险。她是那

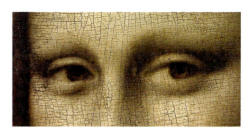

达·芬奇《蒙娜丽莎》局部

诱惑的主人。她是谨慎的,她得掌握住自己的命运,以及这个世界的命运。虽然诱惑,她的生命不轻易交付出来,她也不许你把生命轻易拿来交换。如果她看向你,她的眼睛里有着探测和估量。

蒙娜丽莎的眼睛是少妇的。

五

她知道她在做什么。她向你睇视,守候着。她在观察。像那一双优美的叠合的手,耐心地期待。

她睇向你,等你看向她。她诱惑你的诱惑,等待你的诱惑。

假使你不敢回答,她也只有缄默。假使你轻率地回答,她将莞尔报以轻蔑的微笑。假使你不能毅然走向她,她决不会来迎向你。她在探测你的存在的广度、高度、深度、密度,她在测探你的存在的决心和信心。

她的眼睛里果有什么秘密吗?你想窥探进去,寻觅,然而没有。欠身临视那里,像一眼井,你看见自己的影子。那里只有为她所观测、所剖析的你自己的形象。像一面忠实的明镜,她的眼光不否定,也不肯定。可能否定,也可能肯定,但看我们自己的抉择和态度。她的眼光像一束透射线,要把我们内部存在的样式映在毛玻璃上,使骨骼内脏都历历在目。她的眼光是一口陷阱,将我们的过去、现在和未来都一并活活地捕获。如果那眼光里有秘密可寻,那就正是我们的彷徨、惶悚、紧张、狼狈。爱吗?不爱吗?To be or not to be?

达·芬奇《蒙娜丽莎》局部

她终不置可否,只静待你的声音。她似乎已经料到你的回答,似乎已经猜透你的浮夸、轻薄、怯懦,似乎已经察觉你的不安、觉醒,以及奋起，以及隐秘暗藏的抱负——于是嘴角上隐然泛起微笑。

六

神秘的笑。因为是一种未确定的两可的笑。并无暗示，也非拒绝。不含情，也非严峻的矜持。她似关切，而又淡然。在一段模棱不定的距离里，冷眼窥测你的行止。

她超然于有情和无情之上，然而她也并未能超然于有情无情之上。她的命运也正是你的决定所造就。她的凝视，正是凝视她自己命运的形成。她看自己命运似乎看得十分真切，以致她可以完全平静地、泰然地去接受。而此刻，她在有情与无情之上，将有情，而却尚未有情。

尚未有情的眼光是最苛求的。如果真是爱了，那爱的顾盼有宽容、溺爱。它将容忍我们的缺陷，慰藉我们的尚未坚强，扎裹我们的创伤。而尚未有爱的顾盼则毫无纵容的余地，它瞄准我们，对我们的要求绝对严、无限大。它在无穷远的距离，向我们盯视、召唤，我们只能是一个无穷极的追求，无休止的奔驰。

七

芬奇是置身于这可怕的眼光中的第一个。而他就是创造这眼光的人。他在这可怕的眼光中一点一点塑造这眼光的可怕。

世界上的一切，对芬奇来说，都一样是吸引，激起他的惊异，挑起他的探索，是对他的能力的测验、挑战。

向高空飞升，自高空而降的陨落；水的浮，水的流；火的燃烧，火的爆炸力跨过齿轮，穿过杠杆，变大、缩小，栖在强弩的弦上。他制造了飞翼、飞厢、潜水衣、踩水履。他已恍然感到凌空凭虚的晕眩，听长风在翼缘上吹哨，预感到翼底大气的阻力系数。像描绘波状的柔发，他描绘奇妙的流体力学的图式。

达·芬奇《丽达与天鹅》

他使水爬过山脊到山的那一边；他使水在理想都市的下水道里听从地流泻。他制造的火花飞到夜空的星丛之间；他用凹面镜收聚太阳的光线；他计算从地球到月球的路程……

云的形状，山峰的形状，迷路在山顶的海贝，野花瓣萼的编制，兽体的比例，从狮子的吼声到苍蝇翅膀的嗡嗡……都引起他的讶异、探问、试验。他从此刻的山、云、海的性质样态，幻想造山时代巉岩怪石的迸飞，世界末日的气、水、火、风的大旋舞。他剖开人体，看血管密网的株式分布，白骨的黄金分割，头颅脑床的凹形，心脏的密室。他画过婴孩的圆润，老人的棱角嶙峋，少男少女的俊秀，从千变万化的面貌中演绎出圣者、智者以及臃肿戆蠢的丑怪。从面貌的千变万化中捕捉心灵的阴晴风雨，幸福与悲剧。生的微笑，死的恐怖，犹大的凶险惶惑，其余十一个门徒的惊骇、悲伤、无助、绝望，人之子大爱的坦然，圣母的温慈，圣母之母的安详。

他画过尚在子宫里沉睡的胎儿，画过浑圆的孕妇的躯体，画过被吊毙的囚犯、在酣战中号叫的斗士。他守候过生命在百龄老人的躯体里如何渐渐撤退。他买回笼鸟，为了放生，却又精心地设计屠杀的武器。而冷钢的白刃却又具有最优美的线条，一如少女的乳峰。设计刺穿一切胸膛以及一切盾的矛，并设计抵御一切暴力和一切矛的盾……真正是矛盾的人物。神与魔、光与影、美和丑、物和心都给他同等研究、探索、描绘的欲求和兴致，不仅没有神，也没有魔鬼。没有恐惧，也没有崇拜。一切都必须看个明白、透彻。浮士德式的人物。

他的宇宙论里没有神，只有神秘；没有恶魔，然而充满诱惑。

八

但是，女人，这一切诱惑中的诱惑，他平生没有接近过。他不但不曾结婚，而且似乎没有恋爱过。翻完那许多手稿几乎找不到一点关于女人在他真实生活里的记录。他不是没有召见于当时的绝色而富有才华的伊莎伯·代思特（Isabella d'Este），受到其他贵族奇女子的赏识和宠遇，他何尝不动心于异性的妩媚和风采？他不是精微地描绘过她们的容貌的吗？他不是一再画过神话里的丽达的裸体的吗？但是他的智慧要他冷眼观察这诱惑的性质、作用。

像一个冷静的科学家，他对于那诱惑进行带着距离的观测。他要从自己激动的心理状态中蝉蜕出来，把自己化为两个个体，精神分裂开来，反观自己，认识诱惑现象。

他像一个炼金术的法师，企图把"诱惑"这元素从这个世界里提炼出来，变成一小撮金粉，储藏在曲颈瓶底给人看。

又像一个羞涩、畏怯的男孩，他只窃窃地躲在窗子后面，远望街转角上她的身影。不吻、不抱。他满足于观察她的傲然、矜持而又脉脉的善意的流盼。他一生就逗留在这青春的年纪，少年维特的危险的年纪。

芬奇和蒙娜丽莎，也就是芬奇和女性的关系。而芬奇和女性的关系，也就是芬奇和这个世界一切事物的关系。一切事物都刺激他的好奇、追问，一切事物于他都是一种诱惑。而女性的诱惑是一切诱惑的集中、公约数、象征。

这纯诱惑与追求之间有一段形而上学的距离，如果诱惑者和被诱惑者一旦相接触了，就像两个磁极同时毁灭。没有了诱惑，也没有了追求。这微笑的顾盼是一种永远达不到的极限，先验地不可能接近的绝对。于是追求永在进行，诱惑也永在进行。无穷尽地趋近。

九

芬奇不是一个做形而上学玄思的哲学家。他的兴趣是具体世界的形形色色，和中世纪追求理念世界的哲学是相背道而驰的。他的问题在形形色色之中，也只在形形色色之中。他的哲学是这可见、可度量、可捉摸的世界的意义，这意义及其神秘也就是形色光影所构成。他的哲学可以看得见、画得出，他要画出这世界的秩序、法则，以图画解说这世界，以图画作为分析这世界、认知这世界、征服这世界、改造这世界的工具。他要画出最初的因，最终的果。他要画出生命的起源，神秘的诞生。他要画出诱惑的本质，知性的觉醒。

+

而有一天，一切神秘、一切鬼魅眼的诱惑的总和，他恍然在这一个女人的面庞上分明地看见了，像镭元素从几十吨矿砂中离析出来，闪起离奇的光。那是一对眼波，少妇的，含激烈的、必然性的、命令性的诱惑，而尚未含情，冷然侧睐。那眼光后面隐藏着一切可能的课题，埋伏着一切鬼魅眼的闪熠，一切形形色色都根植其中。又似乎一无所有，只是猜不透。

然而他必须把这眼光捕捉到，捕捉这不可捕捉的。即使芬奇毕生不曾遇到这一个叫作卓孔达夫人的蒙娜丽莎，总有一天，他终要创造出这眼光来的。他画的圣母、施洗者圣约翰不都早就酷似这一面形、这一笑容吗？

卓孔达夫人的笑容竟是怎样的？由另一个画家画来，会是什么样子？是芬奇心目里的女人的神秘的笑酷似卓孔达夫人的笑呢？还是卓孔达夫人的笑酷似芬奇心目里的女人的神秘的笑呢？两个笑容互相回映、叠影、交融，不再能分得开。

达·芬奇《柏诺瓦的圣母》

十一

这或者是一件平常，甚至凡俗不足道的事——画家和模特儿的故事。戈雅（Goya 1746—1828）曾画了《裸体的玛雅》，玛雅的丈夫突然想看画像进行得怎样了，戈雅连夜赶出了《着衣的玛雅》。

富商卓孔达先生聘请芬奇为他的爱妻作肖像。画家一见这面貌便倾倒了。那面貌似曾相识，给他以说不出的无比的吸引。但画家不愿走近模特儿一步。这一面貌是对他的天才的挑战。他用了世间罕有的智慧和绝艺刻画她的诱能，并且画出他所跨不过去，也不愿跨过去的他和她之间的距离。

这或者是一件平常，很可解释而并不足为怪的事——精神分析学家的一个病例。他不能真的去拥抱女人。恋母情结牵引起来的变态心理。他只能把女性放在远处去观照。他不肯把歌赞、爱慕兑换为肉体的接触。但是他把他的追求的心捧出来给人看，不，把她的诱惑隔离出来给人看。他所画的已不是她，不是诱惑者，他只要画出"诱惑"本身，把诱惑提炼了，结晶了，冷藏在画框中。诱惑已经和性别分离开来而成为"纯诱惑"。有人甚至疑心到蒙娜丽莎是少男乔装的女人。芬奇的施洗者圣约翰正有这样离奇地微笑着的柔和的面孔。但是蒙娜丽莎的那一双手难道也能乔装吗？而且便退一百步说，那真是乔装的少年，那么依然是冒充了女性的诱惑，依然是"女性的"诱惑了。

十二

没有发饰，没有一颗珍珠、一粒宝石，没有一枚指环，衣服上没有丝微绣花，她素淡到失去社会性、人间性。只要比较一下文艺复兴时代女子的肖像，就立刻可以发现这一点。她的诱惑不依赖珠宝的光泽、锦绣的绮丽。只伴以背后的溪流，一段北意大利阿尔卑斯山嶙峋峥嵘的峰峦，蜿蜒而远去的山路，谷底的桥。她在室内吗？在外光吗？她在两者之间的露台上。浅绿的天光像破晓，又像傍晚，像早春，又像晚秋，似乎在将放花的季节，又似乎空气里浮荡着正浓的葡萄酒的醇香。模棱两可的时刻的模棱两可的空间。没有田园，没有房舍，在这寂寥的道路上，没有驻足的可能。人只能从这峡谷匆匆穿过。而路那么曲折，使旅人惆怅而踟蹰。而此时没有人影。

曦色，或者夕色，抹在她的额上、颊上、袒着的前胸上、手背上。没有太阳，没有月亮，没有星辰。她混入无定的苍茫的大自然之中。汇合了一切视力，这一对眼睛闪烁着，灿然、盼然、皎然如一自然的奇景、宇宙的奇象。

引起另一双眼睛无穷极的注视。

十三

对于具有无穷之诱惑，绝对之诱惑的眼光，只能以无穷追求的心、绝对追求的心去捕捉，去刻画，在生存层次具有无穷诱惑的魅力的东西，那形象本身也必定有无穷尽的造型性的诡谲微妙。敢于从事无穷的追求的人，能感到无穷寻觅的大满足、永远画不完的大欢喜。像驰骋在大草原上的骏马酣欢，因为它跑不完这辽阔的草和天。他必须画出那画不出；他必须画出那画不出之所以画不出。他要一点一点趋近那画不完，而他要画不完那画不完。芬奇曾经把生命消耗在那么多各种各样的作业

达·芬奇《抱银鼠的女子》

上，而一无所成，因为都有个止境；而他不愿意有止境，他只得放弃。

而这一桩工作本身是不可能完成的。不可能的作业，非时间之内的作业。

一年、两年、三年、四年……大诱惑的而淡若无的笑渐渐在画布上显现，得到恍惚的定影，得到恍惚的定义。然而既是永劫的诱惑和永劫的追求的角逐，绝对零是没有的，总保留着稀微的恍惚、浮动、模棱，总剩余那么一个极限的数字，那一小段不断缩短的遥远，总还有那么一成未完成。而在这残酷、美妙而遥远的眼光下，画家老了。潇洒的长髯，浓密的长眉，透了白丝，渐渐花白，而白花，而化为一片银光、银雾。银雾里的眼睛，炯炯的鹰隼类的目光也渐渐黯淡了，花了，雾了。在她的凝眸里，画家临终时，可能还曾在那最后一段不可测度的距离上走上前一步吧，在微妙的面庞的光影之间添上一笔吧，而画家终于闭上衰竭的两眼，让三尺见方的画布上遗下他曾经无穷追求的痕迹。

十四

而此刻，我们，立在芬奇坐着工作了多少晨昏的位置上，我们看蒙娜丽莎的看。在蒙娜丽莎目光的焦点上，她不给我们欣赏者以安适、宁静，她要从我们的眼窍里摄出谛视和好奇，搜出惊惶与不安，掘出存在的信念和抉择的矫勇，诱惑出爱的炽燃和爱之上的追问的大欲求，要把我们有限的存在扯长，变成无穷极的恋者、追求者、奔驰者，像落在太空里的人造星，在星际，在星云之际，永远飞行，而死在尚未触到她的时分，在她的裙裾之前三步的距离里。

1970 年

看蒙娜丽莎看

关于《看蒙娜丽莎看》的一点补充

《看蒙娜丽莎看》登载出来，发现被放在《名画欣赏》一栏，颇叫我一惊，而且因此惴惴不安，觉得有一点申明的必要，因为那一文并不是对于一幅画的"欣赏"。如果那一大篇话是对一幅画的欣赏，那么我相信画家们必然是要大哗的。

其实我在文中也已说明了，平常看一幅画的时候，画和我们的关系是"欣赏—欣赏对象"的关系，但是《蒙娜丽莎》把这关系打破了！她的眼光"动摇了我们作为'欣赏者'的存在的权利和自信"，"有意要把我们驱逐到欣赏领域以外去"。这里的"看"已经不是平常的"欣赏"，不是玩索色泽的谐和、线条的美妙、构图的严密……"我们退到存在的层次"。我们是在这个层次讨论达·芬奇的创作缘起，他的工作态度、人生观、宇宙观。他是以科学精神参与这个世界而活动的，这代表西方文化的重要的一面。几乎可以说达·芬奇把科学观察变成绘画，变成艺术，变成诗。沿着这个方向，走到极端，就有现代结构主义者把平涂的几何形体构成绘画，有电动派把机械变成雕刻。

拉斐尔《西斯廷圣母》

波提切利《春》

当然《蒙娜丽莎》也还是一幅画。就其画本身的特点加以讨论，加以分析，也是很值得做的工作，但并不是《看蒙娜丽莎看》所做得了的。

很多人来到巴黎，步进卢浮宫，看到《蒙娜丽莎》之后，不免得到一种颓然的失望："嗨，原来不过如此，没有什么。"我能了解这反应。因为在绘画的层次上，这一幅画并没有灿烂出奇的色彩，没有惊心动魄的场面；一个女人的半身像，如此而已。而那女人的容貌也并不特别艳丽，没有像拉斐尔画出了理想化的圣母，没有像提香画出了丰实动人的女体，没有波提切利（Botticelli，1446—1510）笔下的优游，没有伦勃朗笔下的深沉；一切处理得妥帖细密，如此而已。有一个微笑，但是这微笑早就在复制品上看过不知道多少次了。人们所盛传的"神秘的微笑"并不比在复制品上的更显著、更明确。恍然于有无之间的那微笑究竟是什么？实在说不清楚，说不出来。既然说不清楚，说不出来，也就是"没什么"。我在《看蒙娜丽莎看》里企图把这一点很不容易说的东西试着说出来。

我试着把握住"神秘"所蕴涵的内容，试着说明出"诱惑"在达·芬奇世界里的意义，把"诱惑"所必然导引出来的另一个观念"追求"在达·芬奇世界里的意义说明出来……"看蒙娜丽莎看"和"相看两不厌，只有敬亭山"的"相看"是很不相同的。而就在西方文化系统中，达·芬奇世界里的追求也有别于柏拉图式的理想的追求。他继承了亚里士多德的唯物实证倾向。达·芬奇世界里的"诱惑"可以称作"泛诱惑"，他的"追求"可以称作"纯追求"。是在这个意义下，他被现代人所特别赞赏，被称为"现代人"……总之，这些已经不属于纯粹的绘画欣赏了，是从绘画欣赏而引起的一些有关思想、有关生命的问题的反省。如果以为我用这些讨论来顶替绘画欣赏，那当然是误解；但是要深入地欣赏绘画，确实应该接触到这一个层次。

达利的两张画

我得首先声明我一向对达利（Salvador Dalí，1904—1989）有相当反感。他的自称是"天才""世界第一奇人"的各种卖弄招摇、装腔作势，使我极其厌恶。今年二三月里，巴黎蓬皮杜艺术中心给他举行了一个规模极大的回顾展，据说是从来展览会投资最大的一次。我想总得去看看这个西方现代艺术的怪物的。他能够如此眩惑一大批批评家、艺术家以及观众的原因在哪里，该知道个究竟。

很出乎我意料，虽然仍有许多画使我憎恶，无法接受，但有两幅画给我很大的震撼。在欧洲那么久，对于近代西方艺术的千奇百怪也都见惯，这样受震动似乎是多年没有过的事，自己也惊异。在这里，我听到了西方人对生存之荒诞的最激烈的、最彻底的呼喊。

我试着把感受写出来，当然，这是非常困难的事。写完，不满意。姑且当作初步的记录存置。

第一张画：《软体结构和煮熟的豆子》

画面略呈正方，被一个歪斜的巨大的"口"字形体所占据，背后衬着广阔的天空。这"口"字是几段身体的残肢所构成的一个大间架。"口"字的第一笔是一支粗短的手臂向上伸起，死掉的、发黑的五指紧紧抓住一个衰老的乳房，乳房接着一条曲折的腿，这腿是"口"字的第二笔。正在腐烂的萎缩的脚踏在最后一笔上。最后一笔的左端是一只痉挛扭曲的老树根盘结样的手，手指好像要抓捕什么，又像在苦苦地向前爬行。另一端右臂的暗示形状，被一只糜烂了趾的断脚撑住。这只脚的拇指面条一样拖得非常之长（听说人死后指爪还会长长），这拇指大概也是死了之后竟仍然自生而变长了的，但指端布着溃烂的皱

达利《软体结构和煮熟的豆子》

褶。这怪诞的残肢架子的上方长出来一颗怪脸的人头，仰面向天，似乎要举到不可更高的高处，已抵到画框边缘了，似乎要把天上的情形看个分晓，问个究竟。但是天空明澈而晴朗，毫无神秘与奥义，无风无雨，也无风雨的预兆，在大静谧中散布着无数的云霞，一片片的、一缕缕的、一团团的，都发着鲜美的色彩，从诱惑的蓝到苹果青的碧绿，到温暖柔和的鹅黄，夏日长昼晴空所习见的云霞，细致精巧地皱起来，皱成粼粼的波，皱成绵羊毛——极细的茸毛，皱成鬈发的波浪。

那一颗头好像勉强最后加在架子上的，用颈部成条暴露的筋肌绳索样拴住。两眼是睁着还是闭着看不清，说不定其实都一样，就是睁着，也一无所见。嘴却是大大地咧开来，嘴角月牙儿样掀起，似描出一丝笑意，丑陋的笑在一张丑陋的脸上，恶意的笑，猜疑的笑，失意而又傲然的笑，惨然而又顽固的笑，在洞黑的嘴里笑出三粒很稀疏、各自独立的牙齿，和下面撒在地上的许多豆粒相照应。这几粒牙齿将会遇到这几粒豆子的吧，将要咀嚼这些肉体的粮食的吧，那是滑稽的想法，因为肉躯早已经在自己否定自己，在暗暗变质、走样、转化作比豆子更基本的物质了。

无论是头、是臂、是腿、是手，都早不属于生命世界。平滑的部分发着青石的润泽和冰冷，皱褶皲裂的部分则已经有深黯的霉藓。头发也是苔色的，海藻一样一大片垂着。嘴唇居然还有些红色呢，但那当然是虚妄的，活着的时候涂上的唇膏，在躯体转化为别种存在、状态的时候，微血管的血液早已凝成紫块，这口红还痴傻地、固执地显示它所模拟的娇艳，于是可笑、荒谬而可怜。

地面以低视点展开一片红土的荒原，是热辣辣大太阳里的地中海东岸枯竭的沙漠与丘陵，好像负载着中古、上古以至原始历史的陈迹，有圣徒在这里苦修过，虔诚的赤足踏过，战马的铁蹄践踏过，无辜者的血河灌溉过，只是长不出什么幽静的花园。远景里可以辨出一座村落，午睡的村落，永睡的村落。看不到路，地上却零乱地隐约散布着一些辙迹。还有一座三眼桥。历史已经远去，不见有人的动静。但是突兀地，一个中年留着胡子的男子站在那里，孤零零地，貌似一个学者，一个考古学家——据说是个药剂师，他俯首观察，在沉思，在寻找什么，好像要努力在地面的砂石上读出什么来，但他却无视于、亦无动于他面前巍然耸立的巨大的残尸的间架和那间架所造成的无声的呼唤。

那呼喊有一条舌头，被切下，长长地拖在画的右下角，卷成弧状，尚呈殷红的色泽，但也只是挂在那里，无力、无助、无用，像一条肉铺里卖剩的不再会有人要的猪肝。

地面的中景，好像是支着"口"字末笔，还离奇地摆着一个方方正正的大木柜子：抽屉、柜门，关着。关着什么在里面？谁知道？这样一片天地之间，

　　　　　　　　　　　　　　　　　　　　　　　　　　　　　看蒙娜丽莎看

莫名其妙地露天摆着的一个木柜会储藏着什么？只能是荒唐的东西吧？只能是平凡的东西吧？但在这情况下任何平凡的东西也只能是荒唐离奇的了。

古代的历史已经遥远，我们不知道处于什么时代，仿佛未来的人类也已死亡，世界复归于没有纪年、纪月、纪日的洪荒。唯一留下腐朽的事实摆着：巨大的腐朽、光辉的腐朽、永远的腐朽，腐朽的凯旋门颤晃晃地立着，是宇宙中唯一的真实。

西方艺术本有描写死亡的传统，只要想一想他们画中十字架上的耶稣，殉难的圣徒，征战，酷刑，瘟疫，风暴中的遇难，医学解剖课，静物的干鱼、死鸟、骷髅……这些从来没有成为中国画家的题材。在中国人看来，死尸是毫无"画意"可言的，和谢赫六法的第一条"气韵生动"背道而驰。西方画家在死尸的青紫和僵硬中看出绘画的可能性，他们面对恐怖的场景作冷静细致的描绘。在画家笔下，尸体上的破伤与血痕也还是生的见证，那死亡无论是悲壮的，恐怖的；是可哀的，荒谬的；死得有价值或无价值，还都是与生有关系的，是生所赋予的，生的经历给死以各种不同的内容，从这里也就产生出"画意"来。

达利所要描写的可以说是"纯粹的画意"。他并不关心怎样死，谁死，为什么死。他眼睛里所看见的只是人体的变色与变形，腐烂的溃疡的桃红，干皱的皮肤的纹路，这些使他雀跃，就像看见早阳里带露绽放的玫瑰。

为了创作巨幅画《梅杜塞之筏》，杰利柯（Théodore Géricault 1791—1824）曾从医院里找来解剖用的残肢，摆在画室里画了许多习作，力求表现死尸的真实感觉。显然，在杰利柯的画里，死亡的气氛是恐怖的、阴惨的。达利的"死亡"色调鲜明而甜美。他根本取消生与死的界限。他画死尸像塞尚画苹果，梵·高画向日葵，雷诺阿画浴女。

你也许会想起达·芬奇在解剖尸体作素描的时候，曾因忍受不了腐烂的气味，多次逃出地下室去呼吸外面的空气。达利大概从来没有真正地面对死尸作画，也没有想过尸体的恶臭，如果想起来，他可能反而会有饮鸩酒的陶醉，并且还要把观者带入其中，从而得到自虐并虐他的快意。

达利浸沉在画面地中海的阳光中，用比绣花针脚更细的笔触勾描天上的细云，勾描尸骸上的光与影。一切都漂亮、惹眼，同时无情、无名、无端、无意义。一切都是画笔下的花纹与虹彩。他懂得这是人们所难忍受的，于是收到惊世骇俗的效果。他做出来的冷静与痴迷使你惊怪，使你愤怒，使你禁不住叫出来："荒谬的画！疯了的画家！"好了，你中计了，他正是等待你的这一句赞美。他早说过，最权威的精神病学家也不知道如何指出天才与疯狂的分野。在他听来，你的话就是："神奇的画！天才的画家！"他又说过，他自己也不知道，什么时候在说真话，什么时候在说假话；什么时候在说充满智慧的话，什么时候在说疯话。所以你说他是天才，是小丑，是疯子，是无赖，是骗子，他都可以接受，而且欣然。他将扭过头来，睁起圆珠的眼，翘起有名的老鼠尾胡子，射过来死光一样的注视，看你怎么办，怎么应付他的挑衅。

第二张画：《受难的耶稣》

很长的立幅长方画面。上半凭虚悬着一具大十字架，背景是黑暗的高空。从右边射过来一片温和的微光，好像一个什么天使，或者就是神自己，提了灯把钉着的耶稣的躯体照出来，于是我们可以看见神所看见的。

我们居高临下，我们在耶稣之上，以大角度的透视俯瞰这神之子最后的形象，他低垂着头，我们只能看到他的头顶覆着棕色鬈发。他的头垂得那么低，以至于我们可以看到他的背脊紧张的肌肉。他的两臂被身体的重量扯得很长，而两腿则因透视关系缩得非常之短，脚非常之远。

他的头坠得很低，似乎在俯瞰下面的大地。我们看不到他的面孔，他有怎样的表情，我们完全不知道，大概是空虚与绝望。因为画的下面展开的大地是

达利《受难的耶稣》

如此荒凉而寂寥。大地所占据的画面不及全部的十分之一，以低视角展现，在我们细看大地的时候，仿佛忽然又从天上落到地下。

一片深蓝色凝止的湖嵌在无一草一木的山岗丘陵之间，死海的本来面目。水好像凝止成一汪靛蓝的染料，天空中有黄昏惨淡的云霾，但是湖水毫无兴趣反映那上面的光景，它只是在它自己的蓝色中发痴。湖的对岸平列着一些老年的浑秃的疲乏的山峦，只有左边有一带狼齿样的乱岩，似乎不满于周遭的死寂，做出一些不安分、骚动抗议的姿态，可怜它们只是做一些姿态，造山运动早已过去。

一条空的渔舟停搁在岸边。耶稣曾对西门和他的兄弟安得烈说："来跟从我，我要叫你们得人如得鱼一样。"他们就立刻舍了网跟随他去。但是他们像得鱼一样得到的人们呢？都到哪里去了？

岸上相距远远的，散立着三个人，不仔细看时，连他们的存在都不易被发现，中间的一个立在渔舟旁边，两脚浸在水里，水该是冰冷的，他头戴一顶阔边帽，夕阳照来，帽影遮了他的眼睛，这确是夕阳的光。这里的光和上边耶稣身上的光有大不相同的来源，上面的是灯光，这里的是黄昏时的夕照。这个唯一被照明的人似乎在等什么，直立不动，左手叉腰间。身体的重量支在右脚。

另一个人背立在左角，也是左手叉在腰间，身体的重量支在右脚上，也似乎在等待什么（等待戈多？）左手里握着渔网，但与其说他拿着渔网，不如说渔网不知在什么时候窜进了他的手里。

第三个人较远，在右边湖岸石砌的道上。也是个背影，在迈步，两手扶着担在右肩上的大鱼篮，也许有鱼，必是几条并不出色的小鱼，看样子，他走得极慢，仿佛走不动了，简直不动了，凝固在那个姿势里。

这三个人是谁？是耶稣的门徒？是门徒的残队？是全不相干的三个人？他们似乎已经不知道在干什么，他们周围的人都散了，回家的回家，灭亡的灭亡，他们还做什么呢？渔网、渔舟、渔篮，都已失去功能，成为历史的陈迹、象征的符号，他们自己也已成为历史的陈迹、象征的符号，他们等待象征的慢慢形成，以及最后终于慢慢亡失。

他们究竟是不是象征呢？看来这是最后的一个傍晚了。如果从此没有人来看他们，带着惊异的眼睛注视他们，从他们的模样、姿态里读出意义来，那么

　　　　　　　　　　　　　　　　　　　　　　看蒙娜丽莎看

他们就不能成其为象征，他们的存在将完全落空。

他们大概只能是见证，最后的见证。别人的生存，人类几千年、几百万年的生存都赖他们的生存而存在，而证得，而延续。如果他们再死亡，那将是真正的死亡，一切欢笑与辛苦都将归于寂寞。不再有神话与童话，不再有舌头抗辩，不再有眼睛愤怒，不再有腮朵流泪，不再有嘴唇战栗，只剩下空洞的天，空洞的湖，山、尘土、石头。并且这些也都要消失。

天空已经有了冷寂的将晚的青蓝，云也极静，是大片的积云与细长的层云相叠积，布条和布幕一样展布着，受着苍黄的光辉，好像午后的暴风骤雨已经远去，现在是闭幕的时候了，全宇宙的舞台就要从此收场，云幕就要垂下来，天也就随即由蓝而黑尽。

耶稣俯视这收场时的景象，他已经被黑暗所包围。在大十字架的四周的天空是绝对的黑暗，探不到底的深渊，黑洞洞的死寂的深渊，绝不像什么天空。正如中世纪圣画中的金底子，如果那金底子代表光辉的信仰，那么这黑底子里埋藏着空虚与不可知。耶稣浮在空虚与不可知所构成的大夜里。

他被钉在十字架上，他从这十字架上俯瞰，他仿佛还可以忆起那许多奇迹、那许多欢呼，在欢呼的浪潮中，瘫痪的站起来走路，死掉的复活，犯罪的娼妓在他的脚上涂香膏。他也记得人间的审判和嘲弄，唾吐和鞭笞，记起骷髅地上炙脚的砂石，压在肩上的木头的重量，铁钉敲进掌心，穿透双脚的痛楚，记起醋的酸味以及他自己的呼喊："以利，以利，拉马撒巴各大尼！"

现在，这一切都过去了。宇宙要收场了。在这高空的眩晕中，他向下面做最后的一瞥。他把头沉重地、深深地垂下去，像一滴酒、一滴汗和泪、一滴血，就要坠落到下面冰冷的湖心里，而大地好像什么也记不起，那三个呆立的人也担不起什么责任，他们的神经网、大脑的灰质很快要化为尘埃。没有任何可靠、可信托的物质。

是谁提了灯火来看神之子？是我们提来的灯吗？这灯光温柔得很，几乎是慈和怜悯的光，把黑暗推开一角，轻轻地抚摩这30岁男子的挂着的身躯。这悲悯的光照出，不，许是我们的眼光，照出神之子的绝望。

也照出十字架上方贴着的一张纸头，有叠过的十字折痕，纸面有明晰的轻微的起伏，但是我们读不出上面写着什么，即使努力鼓目凝视：上面没有字。

我们的眼睛也累了，眼帘要闭下来，一切将归入黑暗与寂灭，连着神之子以及不知哪里来的灯光。

我们的眼前终于昏暗了。大地悄然从我们的脚下撤走，我们自己被悬在四面无凭的虚无的高空，或者说深渊。

1980 年 7 月于巴黎

看蒙娜丽莎看

认识毕加索

一

今年是毕加索的 85 寿辰。从 12 月开始，巴黎大展览宫展出他的油画，小展览宫展出他的雕刻、陶器和素描，国立图书馆陈列室展出他的版画。所陈列的作品当然远说不上齐全，但收集了他最早期的作品一直到最近的作品，而每一时期都有重要的代表作展出。鸟瞰他一生种种创造和探索，汪洋诡奇，实在是使人惊叹。

85 岁大寿。中国人对于这一高龄有着特殊的观念，所谓"耆德"，"年高德邵"，"七十而从心所欲，不逾矩"，认为达到这样的年龄，饱和了生命的经验和智慧，毕尝了人间的悲欢和辛劳，到日暮时，应当生活在大的谐和与恬静里：其心已如平池，其画已入化境，接近物我的合一，天人的合一，接近神。

毕加索和纪洛

但是毕加索并不是这准则下的老人。70岁时，诗人让·科克多说："我不能庆祝毕加索的70寿辰，因为在我看来，他永远20岁。"到现在，这句话仍然有效。毕加索永远20岁。他仍然是狂热的、偏激的，充满矛盾，充满生命的火力以及生命的各样缺陷。

在这里我们想撇下毕加索的画不谈，而谈一谈平常大家所不注意的一个问题：毕加索的为人。1965年，和他同居过10年（1943—1953）的弗朗索亚斯·纪洛刊行了一本书：《和毕加索共同生活的年代》，揭露了毕加索隐藏着的一面，使我们对于他有了较完全的认识。这书曾引起毕加索的恼怒，提出诉讼，但并没有达到没收该书的目的。本文有不少资料取材于这一本书。

二

毕加索的画不仅是这一时期和那一时期风格不同，就在同一时期中也极多样。有的画忧悒、伤感，像病女的哀歌；有的画森严、冷寂，像修道院的一角。有的艳丽、泼辣，放肆地勾引、挑拨；有的直率、天真，坦然稚气地戆笑、游戏。有的明媚、婉约，有蜂蜜的甘美、浆果的芬芳、香水的迷惑；有的残酷、野蛮，把女人和孩子一步逼一步地歪曲、扭转、宰割、解剖，再拼合起来，堆垒起来，塑成令人惊骇的怪物。

他的性格就是如此多重而又多变的，纪洛说他的脾气喜怒无常：一天是风和日暖，另一天就可能是雷电交加。

他自己说："我作画就像有些人写自传。画，无论完成与否，都是我的日记的一页，也只在这意义下，它们才有价值。"所谓喜怒哀乐笑骂都在他的画中。恐怕历史上没有一个画家曾经把这么多极端不同的情感用画表现出来。许多画家毕生的努力都是向着一个方向创造一个意境。这情形在古代画家里是显而易见的。在近代画家中，譬如马蒂斯，每一幅画都是那样跳跃的、开朗的、鲜明

看蒙娜丽莎看

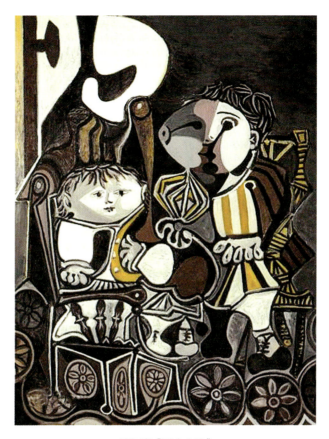

毕加索《两个小孩》

的微笑，他把平日的哀乐都滤下，不让它们干扰这一意境的完整性、纯净性。毕加索正相反：他要画幅来反映每一月、每一天、每一刻的欣悦、酣醉、苦闷、愤怒。

在一个距离下欣赏这样的风暴和晴阳的交替错综，或许是令人振奋的，但是在他身旁的人，则不免要为他磨折、摧残而牺牲的了。因此，在他一生中的好几个女人，特别是奥尔卡和杜拉·玛耳就是这样被毁灭的。

在他和第一个妻子奥尔卡结婚之前，他们曾同游西班牙。他们一同去看毕加索的母亲，他母亲曾偷偷地向奥尔卡说："可怜的孩子，你得小心，不要把自己引到可怕的遭遇里去。要是我是你的朋友，我会劝你千万不要结婚。没有一个女人跟我的儿子会得到幸福的，他只顾得自己，不会顾及别人。"

毕加索曾说过："女人只有两类：或是女神，或是床伴。"而对待同一个女人，他就有这矛盾的两种态度。纪洛曾写下："他有时觉得对我有些对女神的倾向了，他就竭力使我贬为床伴。"

杜拉·玛耳也曾说过："你也许是一个非常了不起的艺术家，可是在道德上，你却一文不值！"杜拉·玛耳终于精神失常了。

三

他要求和别人接触，要求友情，他说他需要从别人那里得到激发。每天都有各样的人来访问他，他也留出时间来和他们谈话。但同时，他憎厌别人，蔑视别人。有一次他指着在阳光里闪动的尘埃和纪洛说："没有人对我有什么真正的重要性。在我看来，别人都不过像这些阳光里的微尘而已。"

他怎样看待友情呢？他说："我不喜欢老朋友。"又说："在生活里，你想把球扔在一堵墙上，让它弹回来，好再扔。你希望你的朋友是这样坚硬、有反响的墙；但是不然，他们就像潮湿的旧毯子挂在那里，球碰上去，弹不起来就落地了。"

对付这样个性暴烈的人是不能退让的，他不懂得谦逊。在他，谦让就是懦弱。在对方也顽强的时候，他才佩服。有过这样的一个故事：

名画家布拉克是他早年的密友，特别是立体时期，他们几乎无日不相见。许多画都是互相批评着完成的。晚年则相当疏远了。一则他们的性格究竟很不同。布拉克本是属于沉静、矜持类型的，而健康的情况更使他珍惜孤独。再则毕加索往往流露看不起布拉克的态度，他以为布拉克缺乏个性，认为布拉克的画风是受他的影响而形成的，他甚至说布拉克不过是"毕加索夫人"罢了。

看蒙娜丽莎看

毕加索和纪洛在地中海边

　　有一天毕加索忽然想到去看看他的老友，他和纪洛说："我们午饭前到布拉克家去。要是他不留我们吃午饭，那就是他和我之间已经没有什么友情了。"

　　当然没有经过预先通知，他们就到了布拉克家。恰巧布拉克的侄子也在座，那是一个比布拉克更文静的人。屋子里散着烤羊肉的香味，当然毕加索暗想这份午餐是吃定的了。可是，毕加索虽然懂透了布拉克，布拉克也懂透了毕加索。他知道如果就这样把毕加索请上餐桌，这位老朋友不久就会传播出去："你们瞧，我要吃，布拉克赶快就把羊肉端出来了。"布拉克请他们看画，看到一点钟，毕加索说："啊，你的烤羊肉很香呢！"布拉克不理会他，只说："我给你们看看我近来的雕刻。"看完雕刻，毕加索又说："羊肉已经烤熟了。闻起来，有点烤过头了呢。"布拉克仍然不理会他，只说："我想弗朗索亚斯会高兴看我的版画吧。"看了版画，毕加索说："你让弗朗索亚斯看看你野兽时期的油画吧。"这些画是挂在饭厅里的。他们走到饭厅里，餐桌上冷冷地摆着三副刀叉，显然布拉克夫妇之外，只添了侄子的一份餐具。毕加索说："烤羊肉烤出煳味了，太羞人了！"布拉克一声不响。布拉克的侄子已来告辞，最后毕加索不得不走了，出来看表，已经四点半。毕加索当然气极了，但等到气平下去，他却分外尊敬起布拉克来。一张布拉克送给他的静物又出现在工作室的墙上，并且不止一次向纪洛说："我很喜欢布拉克。"

四

我们总以为像他这样创造的泉源汹涌奔流，而名声已真正所谓"举世皆知"的人物，应该有着充分的自信和十分稳定的创作情绪吧。但是我们如果读纪洛的记录就会十分吃惊，她写道：

"我的工作中最艰难的一种是把巴布罗（毕加索的名）从床上哄起来。"他每日醒来总是沉湎在悲观的情绪里：沮丧，迷惑，而濒于绝望。

他的唉声叹气大抵是这些话："你无法想象我有多么不快活，世界上没有比我更不快活的人了。第一，我是一个病人。"诚然，从 1920 年起他就闹胃溃疡，但是说有病只是一开场白。"我有胃病。我疑心是胃癌。但没有人管我。古特曼医生理应是照管我的胃脏的了，可是，正是他最漠不关心。要是他有一点关心，早就该赶到这里来了。他至少每天应该抽空来一次，可是呢，决不。我去看他，他说'朋友，你的身体不坏啊！'于是就给我欣赏新版书，我要瞧他的新版书做什么？我要的是一个关心我健康的医生，可是，他关心的是我的画。在这样的情况下，我怎么好得起来？我灵魂里都发疼，当然快活不起来。没人了解我。

你怎么盼望得人了解？大多数的人都那么愚蠢，跟谁说话去？我没有人可以谈得来，生活就是一个可怕的负担。我想总还有画吧。可是画！画也不行了，越画越不如从前。这也难怪，有那么多私事纠缠不清！……我简直绝望了。我不知道为什么还要爬起来。好了，我也不必起床了。我又画画干什么？我活下去有什么意思？我这样的生活实在忍受不下去了！"

于是纪洛得说好说歹，哄着他，说生活要好起来的，不痛快的事情都要过去的，他的朋友都爱他，他的画也绝对了不起，没有一个人不持这看法。一个钟头之后，才慢慢好转，他半信半疑地说："也许你说的有道理，也许事情并不如我所想的那么坏。可是，你真相信你说的话吗？"这才慢慢起床。上午来看他的朋友们也还要听到他的一些咕哝。到吃中饭，悲观的情绪就告终了。两点钟他开始作画，除了晚饭一段很短的时间，他一直工作到清晨两点。可是，第二天醒来，他怨天尤人的戏又再次重演。

五

他是一个无神论者。他画过各种各样的题材，画过许多近乎希腊神话场面的人物画，但是他从来没有画过真正的宗教画，画里也从来没有表现过些微宗教性的情绪。粗犷的画里往往含着高傲的、恶意的嘲弄；细腻的画里往往含着情欲的贪婪。他似乎可以浸在明智的乐观里，却又不然，他有着根深蒂固的种种近于可笑的迷信。

帽子决不能放在床上，面包决不能把浑圆的一面朝下放着。有一次纪洛偶然在屋子里撑起伞来，他可慌透了。把全家的人都集合起来，每人的两手都得把食指和中指交叉着，一边挥动一边高声喊："拉迦陀！拉迦陀！"围着屋子跑：这是为着驱除在屋子里撑伞所可能招来的灾难。

除了这些西班牙人的禁忌，他还学会了许多俄国人的禁忌。这是从他的第

纪洛和她的两个孩子

一个合法妻子奥尔卡那里学来的。譬如旅行之前必须全家集合了静坐两三分钟，否则路上要出事。这仪式他做得很认真，如果孩子们言笑，就得重新再来。他说："我这样做，不过是觉得好玩罢了。可是，也难说……"

他有一次拉了纪洛到一座小教堂里，要她在那里起誓永远爱他。她说："何必要起誓呢，要起誓又何必非跑到教堂里不可呢？"他说：

"当然没有什么不可，但是谁知道？教堂的这一套玩艺，说不定就有灵验。"

他惧怕死，惧怕衰老。他往往向儿子保罗讨来旧衬衫穿，为的是从儿子年轻的气息里摄取新的生机。

六

我们在前面说过，他把绘画当作反映他的生活的日记、传记。在这意义下他是一个忠实的写实主义者，使他有了接近共产主义的可能。

1944年他正式参加共产党，法国《人道报》发表了他的一个宣言："参加共产党是我一生以及一生工作所必然要导致的事实。因为我可以骄傲地说：我从来没有把绘画看作雅玩与消闲。线与色既是我的武器，我将凭借它们深入地认识人、认识世界，这认识使我们每天都更进一步得到解放。我以我的方式说我所认为最真的、最正确的、最好的，当然也就是最美的。最大的艺术家都懂得这一点。"

但是，显然他的画风是和社会主义的现实主义不相干、不相容的。他的画虽是写实的，有所赞美，有所诅咒，然而他从过分的个人主义的观点出发，在内容上并无任何主义思想做中心。在美学上他走着与现实主义相反的道路。他在和纪洛的一段私人谈话里说：

"为什么柏拉图要把诗人逐出理想国？就是因为诗人，或者艺术家都是反社会的成员。他也并非有意要如此；他只是不能不如此。当然啦，从国家的立场出发，国家有权把他驱逐出去。而如果他是一个真艺术家，那么在他的本性中，他就不想被人所接受，因为他要是被接受，那就表示他在制作一些要讨人了解、赞许的滥调，也就是说没有一点价值的东西。任何新的值得做的东西都不会被认识的。大众不会有这样的见地。……只有俄国人才会这样天真地认为一个艺术家可以安安妥妥地适应在一个社会里，他们并不懂什么叫作艺术家。一个国家有真艺术家，有别具慧眼的奇才又有什么用？兰波（法国近代大诗人）这样的诗人在俄国出现是不可思议的；马雅可夫斯基（苏联革命诗人）自杀了。在创造者和国家之间有必然不可避免的对立。"

1953 年斯大林逝世，法国《文学周报》刊出一幅毕加索的素描斯大林像。这是一张轮廓简略的炭条画，并无扭曲或改形，但很难说像斯大林。画像登出后，引起一场大风波。许许多多人投书周报提出抗议，认为这是对于死者的大不敬。当时的主笔是诗人阿拉贡，他把一部分抗议书发表了，后来还写了长文《高声地说》作辩解。事情过了许久，我们才知道毕加索画这像既无致敬的意思，亦无不敬的意思。当时毕加索住在法国南方，阿拉贡从巴黎发电报给他，请他为《文学周报》赶画一张斯大林像。他说："我怎么画得出来呢？我又没有见过他。相片上见过，也记不清了。只记得有一套军服、一顶军帽和一排胡子。"后来纪洛从旧报里拣出一张照片，大概是斯大林40岁前后的照片，他才试着画起来。画完了，却逼肖纪洛的父亲，并且越改越像。他们笑到喘不过气来。他说："也许我试着画你的父亲，倒像起斯大林来。"但是他也没有见过纪洛的父亲。他们选出一张觉得是最像的，就这样寄出去了。几天后，他才从新闻记者那里知道他的画像所引起的风波。他自己说："有人要我画这样一张画，我就画了，如此而已。"他作这素描的动机原来如此单纯。简直令我们吃惊。

七

我写了这些，引起读者怎样的感想呢？这和中国历来把艺术当作陶冶性情的工具，把艺术家当作具备道德修养的人物是判若两样的。从这些故事看，毕加索与自己的艺术理论也往往有些冲突。我们并不是故意要把毕加索涂抹成丑陋或可笑的角色，我们希望读者见到艺术家性格的复杂性，毕加索性格的复杂性，进而理会"人"的性格的复杂性，从而使我们能较细密地、较全面地看清毕加索的艺术，也能较深入地步入毕加索的造型世界。

1966年12月15日寄自巴黎

看蒙娜丽莎看

关于梵·东根

一

今夏画家梵·东根（Van Dongen，1877—1968）逝世了。他是属于马蒂斯、毕加索、布拉克一代的。早在第一次世界大战之前便以少壮的反叛者的姿态出现在巴黎艺坛上，曾经是野兽派重要的一员。野兽派主张以最强烈鲜明的颜色来作画，当时许多画家都曾一度为这尝试所吸引，卷入这运

梵·东根

动，但是大多数都很快地便脱离了。因为这尝试虽极有意思，却未必符合每个人的性格，继续以明艳的纯色作画的，也就是说本着野兽派的精神继续发展下去，恐怕只有马蒂斯和梵·东根。梵·东根是荷兰人，生于1877年。据说在1897年的7月，乘了参加法国7月14日国庆节的观光车来到了巴黎。车票原是来回的。既到之后，他把回程的半截一扔，住下来了。那时候他连法文也还不会说，靠画吃饭，当然不是立刻做得到的。仗着体格结实高大，便在中央菜市场做卸货的搬运工。也还当过油漆工，也曾在咖啡店里给人速写绘过像；也一度为有名的讽刺杂志《牛油碟》做过插图。世纪之初，接触到当时最活跃的一群青年画家，成为野兽派的中心人物。

上面说过了，野兽派是标榜色彩的强烈和鲜明的，梵·高和高更是这一派的先驱，开始以纯色作画，把印象派的绚烂缤纷的彩色改变为明朗的、强烈的，具有表现力的纯色，把印象派的享世性的欢乐色彩改变为戏剧性的呐喊的色彩。野兽派企图接着这一道路发展，但是，他们所继承的精髓太过偏于技法，失去

了明确的内容。他们想走得更远，用色用得更浓烈，更泼辣。诚然，把女人的面庞画为一半翠绿，一半榴红，在技法上比梵·高以柠檬黄画自己的肖像更令人惊绝，然而在感人方面，却不能以此推论了。如果说印象派画家把握色彩的媚惑力，梵·高、高更把握了色彩的感惑力，野兽派画家则把握了色彩的机械力。如果说印象派画家以色彩诱惑观者，梵·高、高更以色彩打动观者，那么，野兽派画家则以色彩吓唬观者了。他们苦心地制造效果，在思想的深度上则远不如梵·高、高更。

野兽派的高潮仅仅在1905年到1908年数年之间。他们用色，绿到不能再绿，红到不能再红，蓝到不能再蓝，真是硬走到绝境，后来，他们不得不向别方面寻找新出路。布拉克说："我们无法停留在这一个高潮上。"德兰（André Derain，1880—1954）说："本来，最单调、最灰暗的颜色也可以潜藏着无比的爆炸力。"布拉克、德兰重新用起了灰暗的色彩，其他的野兽派画家也都各自走向不同的路径。

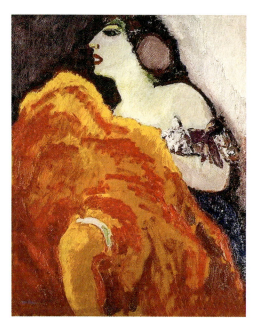

梵·东根《舞女》

为什么马蒂斯和梵·东根仍能以绿到不能再绿，红到不能再红，蓝到不能再蓝的调子作画呢？这是和他们的性格以及他们的画的主题不能分开的。在马蒂斯那里，一种开朗的、享世的乐观主义通过野兽派的色调充分表现出来。梵·东根呢？他以巴黎上流和下流社会的妇人作题材，夸张地描绘她们的艳冶和招摇，榴花色的嘴唇、橄榄色的眼眶、细瘦的鹅黄的长臂、太重太大的首饰……法国以肉感影片成为红星的碧姬·芭铎（被简称为BB）在未进入电影生涯之前，曾做过梵·东根的模特儿。这就可以看出梵·东根是以怎样的标准寻找绘画对象的了，同时也可看出野兽派的大红大绿，在他是如何称手的好工具。

梵·东根的女人肖像，乍看，是俗不可耐的，但是，因为俗到透彻完整，竟然又赋有强烈的表现人生的力量了。他似乎要讨好那些珠光宝气的贵妇人，但是把入时的艳装夸张到那一程度，竟成为讽刺鞭笞的意味了。他的颜色似乎是一派的脂粉和铅黛，他甚至说道："我梦想着用化妆膏直接画到画布上去。"但是，把胭脂铅粉，浓化到那种程度，竟变成了粗犷、泼辣。

这样风格的图画，大概是中国传统士大夫画家所无法想象、无法忍受的。他们讲究"高雅""淡远""含蓄""不食人间烟火"……而这画面上，坦然摊开来，赤裸裸的妓女的翡翠绿的肉色，半裸的贵妇人的火红的头发……欧洲艺术家大抵都是入世的，但是如此直截了当地描写俗世的世俗的一面，描写俗世之为世俗的，恐怕梵·东根仍是稀有的一个了。

梵·东根逝世后，我拣出了一篇5年前偶然剪存的文章，是巴黎《快讯周刊》女记者莎蒲沙访问梵·东根的，他的性格、为人颇能从中见出来，爱这个世间，要在这世间痛痛快快地大玩一场，却因碰过一些钉子，一肚子别扭、气恼，像一个天真而不驯的顽童。读起来

梵·东根《戴黑帽子的女人》

是十分有趣的。现在译在这里，似乎颇可作为新年时候给读者的小礼物。

二

一个有靛蓝色眼睛，一种悚悚不安的野兽眼睛的靛蓝色，面貌姣好，行动年轻而灵巧的妇人来开门：梵·东根夫人。

"请坐，梵·东根立刻就来。请吃点糖吧。"

紫檀木家具，嵌镶着拼成玫瑰花图案的螺钿，沙发上是蓝丝绒，猫眼蓝的，窗外有一角海，墙上挂着20个画框，大小不一，全是空的。橱角摆着一张无框的小画，署名梵·东根。一幅侧面女像，大眼睛，靛蓝色的，野兽的，悚悚不安的神情，到处摆着一些小碟子，盛着糖。玻璃橱里有书，左拉、巴尔扎克之类，七星文库的精装版本。

"您在那儿吗？"

一个很瘦很修长，剽悍笔直的老人悄然溜进来。有一对浅蓝眼睛，眼圈略略发红，一部向前翘着的胡子。一派康拉德小说里的老船长的神气。

我表示抱歉，打扰了他的工作。

"您不打扰我。我正在瞎涂。您呢？您是做什么的？"

我说是在《快讯周刊》工作。

"《快讯周刊》？没听说过。再说我不看任何报纸、杂志，从来不看，没兴趣。"

他坐下，很轻松地交叉了腿，又交叉了两臂，以侧影对着我，等着。等什么呢？他既然是连报也不看的人，又为什么让我来访问呢？我用一个惯常的问题试探。

"人们说您是最后的野兽派代表之一，您愿意被归入野兽派吗？"

"都无所谓，人要叫什么，随他们去叫好了。"

"为什么叫'野兽派'？为什么人们把您和一些画家称作'野兽派'？"

"无论什么东西总得有个名字呀！"

"在您到巴黎的时候……"

"那是 1897 年，我从荷兰来，刚 20 岁……"

"……您怎么结识当时画家的？"

"哪些画家？我们都不是画家。我们不过是一些尝试者，哪里称得起画家！我们没有那份虚荣。我只搞了些废品。再说，我还在继续搞……"

"您怎么决心学画的？"

"我的父亲是一个造桅工。我曾想作插图，不是画油画，仅仅画插图。其实我做个造桅工就好了。造桅工是个好职业呢，您知道吗？……也许对我更适合些，也许，也差不多。"

胡子里藏着笑，看不出，但是猜得出。

"你要到巴黎学画，你的父亲没有说什么吗？"

"在荷兰，做父母的随儿子高兴干什么。"

"可是，梵·高。"

"梵·高？关于他，传说那么多！"

"那么，在巴黎，开头是怎么样的情形？"

"多少是穷困潦倒吧。"

"可是你有一些朋友。和谁特别有来往？"

"我？和谁也没来往。也许跟马蒂斯碰碰面，他是最懂得生意经的。"

"你不是画了很多交际界人物的肖像吗？你跟他们相识吧？"

"我？肖像？才没有要呢！人把它们叫作肖像吗？人们啐吐沫在上面呢！"

"您的意思是，那时候，您还没享到盛誉？"

"我？确是没有。有一天，也许，我会得到一点小名吧。……"

"您为什么特别喜欢画女人？"

梵·东根《女高音歌唱家莫捷斯科》

"我觉得人物最有意思。"

"为什么女人呢?"

"那不是人物吗?"

"这句话是不是您说的:'要画一个女人,必须把她拉长,拉细,然后把首饰放大'……"

"咦,这话听起来,颇有点道理。"

"去冬在巴黎举行了您的个展,您满意吗?"

"我的什么?"

"个展。在玛底农大街。"

"什么个展?我没有开过个展。不是我。"

怪了,我面前坐的难道不是梵·东根?梵·东根夫人不得不出来支持我了:

"是的,在沙罗画廊。你知道的。因为不是他自己主持的,所以他不闻不问。"

"非常好的个展,广告在巴黎到处可以看到。"

"什么广告?"

梵·东根夫人说:"真巧,我刚刚收到。"

"什么广告?"

梵·东根夫人说:"我还没敢给他看。我现在去拿。"

她拿着广告来了。复制着一幅裸女的三分侧像。梵·东根瞥了一眼,就把头扭开:

"这画不是我画的!"

梵·东根夫人说:"是的,是你画的。"

看蒙娜丽莎看

"我不知道这张画！"

夫人说："这是《露一只耳朵的妇人》。你瞧，全幅是这样的……"

"哦，那么是我的。复制得很糟。总之，要是有人先问过我，我一定不答应他们这样胡搞……"

我问他这些空画框里都是什么，都送出去参加展览会了吗？

夫人代答："春天我们去了一趟美国，于是把画存到银行保险库里去了，在碧色海岸有那么多偷画的……"

"你以为人们会偷我的画？"

"当然啰！"

"它们真有运气，我是说，我的画。它们被拎来拎去，我就被关定在这里！"

夫人说："你明明知道事实相反：画都被关定在银行里，你呢，跑到美洲去了。"

"都是些什么画？"

"都是老画，老的，跟我一样。"

"都是您自己的吗？"

"对，我没有别人的画，我不喜欢这一套。"

"可是，画家之间常常交换作品，你认识的……"

"他们都死掉了，我不大跟他们打交道，也许就靠这一点我还活着。"在眼睛里闪起一点机狡的光。

"那么您很满意于还活着？"

"我喜欢画画。"

"毕加索怎么样？他住得不远，你们见面吗？"

"难道我们互相追逐吗？不见

梵·东根《沙发女郎》

面，交情就能维持下去。"

"不画画的时候，您干些什么？"

"发闷。"

"看书吗？"

"我不认得字。"

"看电影吗？"

"从来不看。"

夫人插嘴了："你瞧，你也太过火了。只是他从来不看节目。只说一声'星期三我去看电影'就去了。当然不一定是好片子。你尽扯谎，叫人家怎么访问呢？"

"新闻记者自己呢，他们就不扯谎了吗？"

"在绘画里，您喜欢什么？"

"颜料管子和画刷子。"

"你每天都作画吗？"

"我？从不。我不画画了。"

夫人说："你瞧，你刚刚才说你喜欢画画。要扯谎也得有点记性。他每天都画……"

"最近您画了些什么？"

"我吗？没一张好画。"

夫人说："在纽约他画了一小幅画，自己挺喜欢，我去拿。"

只剩下我们两人，他俯身向我说："您喜欢这些家具吗？我才不。可是听说女人都喜欢这些！我在这儿简直不像在家里，没有一个地方是我自个儿的家……"

夫人进来了，拿着一小幅梵·东根的女像，面孔粉红，背景深蓝。梵·东根静静地让人欣赏，似乎也颇有些自得。他看见地上还有一幅小画，也是女像，一半面孔红，一半面孔绿。

　　"那张画我画了有 30 年了。您不觉得吗？这成为一个古怪的黑女人了，一半脸是红的，另一半是绿的。怪的是我当年画的时候，就不曾察觉。"他笑了，拿起一块糖。

　　"有人喜欢您的画，不使您高兴吗？"

　　"我自己喜欢就够了。为了自己工作，就会多用些心血，对不对？再说，一幅画不曾伤害过谁，画画也不会损害什么人。这是一种疯狂症，一种和平的疯狂症。"

　　"您从来没有想到会变成一个大画家吗？"

　　"也许有人说过这类话，这是愚蠢的。我还不致笨到这步田地。"

　　夫人说："人从事一种工作，总愿意有点表现。否则就会变得乖戾，怨天尤人。"

　　"我怨天尤人？"

　　"不，可是你有别的毛病。"

　　"您的画卖多少钱？"

　　"我喜欢的画，我就叫大价钱。人们害怕了，我就可以自己留下。"

　　"平常，您在这儿有多少画？"

　　夫人说："大约三十来张。"

　　他自己说："或者 60 张，或者 600 张。这些空框子真难瞧！我不喜欢没画的空框子。您要吃一块糖吗？"

　　"好，谢谢。您很喜欢吃糖？"

　　"我？一点也不喜欢。"

　　夫人说："他离不了糖。"

1968 年 12 月

为冠中画作序

一

为冠中的画集写序，对我来说，应该是一件大快意的事，然而，同时也感到难名的悲感，使我怯于执笔。他来信说："你决心写吧，哭之笑之，我们这一代的生涯、污浊、光芒。"我们在巴黎分手时是 1950 年。别后东西两端，各走各的道路，各尝不同的生活的艰辛。在一个长时期内，两相茫茫，但是一边所发生的大事件也深深地影响着另一边。再见面已是 1979 年，各已老成。人生的路走了大半，虽说不上"访旧半为鬼"，但是在浩劫中被夺去生命的朋友也有好几位。"惊呼热中肠"之余，目睹存活的老友带着犹壮的心奋然工作，确有欲哭、欲笑的心情。我们竟没有死，也竟没有衰。我们六十出头了，好像老了，好像剩下的日子不多了；又好像还很年轻，才从严冬的冻结中跳出来，精神抖擞，对未来有重重计划，卷起袖口，臂膀的肌肉犹实。我曾写信给一个在自贡翻译西洋哲学史的老同学说："我们这一代的话还没有说完。"

二

我认识冠中是在 1947 年，他已是中国画坛上的新秀。他自称年轻时是一匹野马，我想那是接近真实的。野马生性善走，眼睛看向远地，不息地奔向前方。他在杭州艺专时，一面学习传统水墨，一面已经狂热地爱着色彩，向往遥远的西方美术。1946 年他考上公费留学。1947 年到了巴黎，一面在美术学校习油画，陶醉于古典的与现代的西方艺术；一面又已经暗暗地怀念着祖国的人物山川的容貌了。

有一个时期，我们同住在巴黎大学城的比利时馆。他每星期日背了画具出外写生，傍晚归来，提着未干的画直到我的寝室里，兴致勃勃地一同议论新作的得失。就是在这时候，他迷上了尤脱利罗（Utrillo）所画的巴黎圣心教堂附

　　　　　　　　　　　　　　　看蒙娜丽莎看

近的街景。圣心教堂建在城北一座小山上，即著名的蒙马特区。许多著名画家都在这里生活过：雷诺阿、德加、罗脱利克（Lautrec）、毕加索、布拉克、莫迪里阿尼……但是真正生长在这里，死在这里，画出这里特有气息的是尤脱利罗。他遭遇不幸，一生潦倒酗酒。他所画的歪歪斜斜的街巷、破败剥落的墙壁，倾诉了自己的哀苦，也表现了这里底层社会人物的辛酸。他画出德语诗人里尔克在《马尔特手记》里所描写的古老而衰病的巴黎，法国诗人波德莱尔所描写的《恶之花》的巴黎。尤脱利罗不去寻找一般画家喜爱的塞纳河的水光、地中海边的艳阳，他的题材只是每天所见的陋巷。他不避庸俗与稚拙，正因为有着庸俗与稚拙，他的画能比别人更深入、更浓烈地写出他的天地。画中的世间味，使冠中懂得了巴黎的另一面。也是在这时期，他夜读梵·高的《致弟信札》。我还记得他在书里画了粗而长的红杠杠，一看就知道那些句子是怎样打动了他游子的画家的心。梵·高写信给他的弟弟：

> 你是麦子，你的位置是麦田……不要在巴黎的人行道上浪费你的生命吧！

梵·高《麦田群鸦》

梵·高又写信给他的荷兰画友拉巴尔说：

> 依我的意见，你和我只有对着荷兰的风景人物才会画得好，因为那时我们才是自己，在自己家，在自己的环境气氛中。

是淹留在艺术之都的巴黎做纯粹的画家呢，还是回到故土去做拓荒者呢？冠中也曾犹豫过，苦恼过。1950年他怀着描绘故国新貌的决心回去了，怀着唐僧取经的心情回去了，怀着奉献生命给那一片天地的虔诚回去了。但是不久，文艺的教条主义的紧箍咒便勒到他那样的天真的理想主义者的头上，一节紧似一节，直到"文化大革命"，艺术生命完全被窒息。我们的通信中断了。他最后的信说：

> 今生不能相见了，连纸上的细说也不可能。人生短，艺术长，但愿我们的作品终得见面，由它们去相对倾诉吧！

最后，他连作画的权利也被剥夺。他历经了快快活活地画，到拘拘谨谨地画，到战战兢兢地画，到偷着画，到不能画，不配画各个阶段。作为艺术家，他被埋葬了三年（三年间，他不能接触画布和画笔）。不知道什么时候，戒律略放松了，星期天可以去借了农家的粪筐来充当画架，又开始作画。他幽默地回忆怎样被学生称作"粪筐画家"。这"粪筐画家"尚有一句豪语是"虎死留皮"，他但求死后能留下一批作品。不过这虎皮也仍是惹眼的，可能招祸，必得暂时藏匿起来。若干年后，他自己的骨头化成灰了，让遗作成为"出土文物"重新和人们见面。没有想到，他亲眼看到自己旧文物的出土。

三

久别之后，我们第一次会面是在 1979 年，在北京四合院一角——他的家中。他拿出油画和水墨给我看。我带着激动的心仔细观赏。

我觉得画似乎可以分为两类：一类是长途跋涉，在祖国大地上搜奇览胜的写生；一类是门前的瓜藤、郊区的水田、渔港里泊着的渔舟。我觉得我更喜欢后者，因为作者对于对象的感受较深，情感较浓，无论形与色的意味都更隽永。远行写生的一类给人以新颖明朗的感觉，表现了作者对于对象惊喜的倾心，但没有日夕相见的故旧感。

熊秉明先生（右）与吴冠中先生（左）

然而，后来，我觉得这分法是不正确的，因为这两类正逐渐相趋近、相合一。门前的东西新鲜活泼起来，而远方的事物渐染了难说的甘冽和亲切。

四

当然，他满不过是一个江南的孩子。他的江南，一丛疏林、一片白墙、一枝红杏、几只水鸭……都是他熟悉透了的，而他以轻快的笔法去描绘；似乎匆匆来了，即将离去，它们即将消逝，好像以第一次见到的惊喜的眼光去看，新鲜极了。而他画华山、玉龙、漓江、三峡、海南岛、大漠……似乎早已爱过它们，以轻松的、熟悉的心来温习它们的面貌，他用游子归来的快活的微醺的墨和色去渲染。

他自己说，到江南是"回来"，北上是"回去"，"我永远在母亲的怀抱中"。看了他的画，留在记忆里的是一首抒情的家园的赞歌。这家园是江南，是江南以南，江南以北，江南以东，江南以西。他有鱼戏水中的快乐，使人羡慕。

<h2 style="text-align:center">五</h2>

后来，他的绘画风格的发展愈趋向色彩的明丽、笔与墨的律动。实物渐渐隐退到第二位，江南的影子也淡化了，而以造型的原则突出为首位。1981 年以后的水墨，绘画元素约减到只有两个：线和点。缭绕与泼洒，一往情深的长，罗织着淅淅沥沥的短。江南与北国，水乡与大漠愈不可分。

线，说是勾勒，也可以。总之是笔毫一旦接触纸面，便恋住，依依不去，因为纸面即是故土的地面，惹起牵肠挂肚的乡思、苦苦的东寻西找、山长水迢的迈行。

吴冠中《补网》

在《补网》一幅里，海边拖一束反复的黑发样的长线，那是晒着的渔网。这样柔情的网在别的画里便化作林木的枝条、水田的堤埂、山岭的脉络……曲

　　　　　　　　　　　　　　　　　　　看蒙娜丽莎看

曲折折，流连徘徊，剪不断，流不尽，藕断丝连，说不完的往事、心事。

点，说是点苔，也可以；却也是石，是鸟，是村舍，是人及其他。墨汁、色汁，来不及通过笔毫，便直接跳到纸面、纸外。《江南岸》一幅里的色汁溅散开来，是"泪眼问花"的迷漾，是花，是蓓蕾，是嫩叶；也是岸头行人、小船上的渡客和舟子。在别的画里，点也就是雨，是雪，是沙……是酒，是血……点点滴滴，疏疏密密，洒在江天，飞扬缤纷……

画上的点与线向抽象的方向发展，好像接近了美国抽象点泼画家波洛克的风格，但是同时接上了中国水墨的传统。他在泯灭了南北之分以后，似乎又要泯灭东西之分了；然而他写的究竟是东方的情致，点与线的对比组合早潜藏在中国诗人的句子里。

　　落霞与孤鹜齐飞，秋水共长天一色。（王勃）

这不是点与线的强明对比吗？

　　无边落木萧萧下，不尽长江滚滚来。（杜甫）

上句写茫茫无边的点，下句写长长不尽的线。

　　乱红如雨，不记来时路。（秦观）

桃色乱点中萦绕着隐隐约约、断断续续的线。

　　花自飘零水自流。（李清照）

吴冠中《江南水墨画》

吴冠中《根扎南国》

看蒙娜丽莎看

凄凄飘零的是点，悠悠自流的是线。

春蚕到死丝方尽，蜡炬成灰泪始干。（李商隐）

线是吐不完的长丝；点是炙热的烛泪、细极的灰烬。

这些都是冠中画的注脚。冠中画里的点与线已游离在抽象与具象之间，超越于形与情的分际，有人会说山不似山，水不似水了。可不是吗？古人早也说过了的：

细看来，不是杨花，点点是离人泪。（苏轼）

我们还可以说，也不是离人泪，那只是墨，只是色，只是线与点的安排。旋律与节奏所构成的音乐，一片浮动荡漾的乡情。

他更要向哪里发展呢？向更抽象、更恣肆的空濛呢，或者又回到山还是山，水还是水的平实呢？是继续现代风呢，还是更进入后现代风呢？我想他自己也不能预料，他还会不息地向前，而画本身自有它发展的规律，到时候自会呈现新貌，让我们惊喜。总之，"我们一代的话还没有说完"。我以为他必有"老去诗篇浑漫与"的泰然。

六

冠中不只是一个多产的画家，他还善于写散文，那是一种生动活泼的文字。画家特有的色彩感、造型感，使他的文章别具奇异的明澈与棱角。读者通过他的眼睛观察世界，会感到处处有深远，有色彩，有诗篇与画意，会爱上画家的

吴冠中《春江水暖鸭先知》

生涯，爱上他的有水、有桥、有船、有水鸭的乐园。

他又是绘画理论家，教过多年绘画，对于理论反复思考过。他懂得西方绘画精神，又深入中国绘画的意境。对于近年来绘画界争论的问题，像抽象画、油画民族化，裸体画，中国画的前途……他都写过文章，都能把握关键，以简明的语言、巧妙的比喻、恰当的实例，如快刀斩乱麻，把问题说清楚。

他又是一个艺术活动家。他不仅带着学生在祖国大地上壮游作画，他还鼓舞年轻的画家向前探索，在各种座谈会、展览会、评审会上，以热情果敢的声音为他们的努力做辩护。

他是一个生龙活虎的开放型的人物。

七

写到这里，又从案头取过来1984年出版的《吴冠中画集》，一幅一幅看过去；又随意地翻阅他的散文集《东寻西找集》《天南地北》《风筝不断线》，觉得页页幅幅弥漫着明快、欣悦、盎然的生意。我在初执笔时，胸中隐然搅动的悲

看蒙娜丽莎看

感完全消逝得无影无踪。尤脱利罗的蒙马特区的苍白愁惨的墙壁十分遥远了；冠中的水乡的粉墙如少女的笑靥，发出素绢的光泽。梵·高的辣太阳、向日葵十分遥远了；冠中江南的流水、垂杨明澄而恬静。冠中回到故土，更回到中国绘画精神的泥壤上，块块垒垒都溶在水中、色中、墨中、点中、线中。波洛克的狂肆泼洒出现在第二次世界大战之后，冠中的自由挥洒出现在"文化大革命"之后。经历大摧毁，生命显现出蓬勃新生的如醉如狂的激情也是自然的吧。他也并没有完全忘却黑暗无光的日子，但他在文章中追述那些可悲可痛的怪事，像画讽刺画，像卓别林的滑稽片，让人欲笑，欲哭，而终于是"却看妻子愁何在，漫卷诗书喜欲狂"的放歌和漫与。

有一生画幸福的画家，如马蒂斯。我以为冠中是画幸福的画家，并且，我相信，他是幸福的。

1986 年

盆花

——谈常玉的画

朋友来信约我为常玉撰文，对我是个难题。

常玉我认识，但不熟。觉得他是四川一个才子型的艺术家，逍遥乐天，和我脾性有些距离，始终没有深谈过。在他逝世前不久，听他说："画了四五十年画，现在才懂得怎样画了。"似乎颇有大悟，追问究竟悟的是什么，他则又含糊其词，想来是不甚容易说得明白的。

我以为要介绍一个艺术家，大概有两种办法：一是分析。既是分析，便须客观。根据丰富资料，分析其生活与工作，找出他思想成长的背景和作品发展的过程。我既然没有什么资料，当然无法这样做。一是欣赏。欣赏则须同情地去体味，深入地去了解艺术家的创作心理。我对他的为人、创作的动机和理想都陌生，看他的画每觉隔着一层，所以也不好这样做。这里只能杂乱地谈谈自己的感想。

说看他的画觉得隔着一层，并不是对他的画的批评，或者否定，这完全出于个人的直觉的喜好。一个人的喜好是有局限的。以中国诗为例吧，爱李的往往不喜爱杜，爱杜的往往不爱李。不爱另一家，并不是说另一家次一等，而是

常玉《盆花》

看蒙娜丽莎看

说不全吻合自己的性情、旨趣。

一定要我谈谈对他的画的感受，那么我自觉比较能够了解他所画的盆花。这一类画很叫我想起《红楼梦》里众姊妹诗社的咏诗来。第一次作社是咏白海棠，用"盆""魂""痕""昏"四个字为韵。只这四个字就很足以描写常玉的盆花情调。那里很多诗句都可以引作常玉盆花的注脚，像：

胭脂洗出秋阶影，冰雪招来露砌魂。（薛宝钗《咏白海棠》）
偷来梨蕊三分白，借得梅花一缕魂。（林黛玉《咏白海棠》）

情调我可以"了解"，却也并非我所"偏爱"。一种凄婉寂寥、冷冷清清、淡淡的苦味，我觉得看了就有些忧郁、消沉，神经质地病怏怏起来。至于他所画的茫茫大地上奔驰着小得像蚂蚁一样的野兽，大概是蜉蝣天地、沧海一粟的意味吧。还有他画的很多裸女，是我所不懂得的一类。

从技巧方面说，他用的是油画颜料、画刷和画布，采用了西方现代绘画的某些手法。在绘画性上，则是中国画的特点占着优势，画面形式常用立轴条幅的比例。在构图上，一片平涂的背景，集中一个主题在画的中央；色彩不多，力求简净素淡；枝叶疏疏落落，着重于线条的配搭和节奏；空间的感觉用背景的空阔衬托出来，而不强调主题本身的立体感；取消光影明暗的问题……这许多特点造成的意境是很中国风的。在他的盆花中，我觉得表现得最充分。

常玉《双人像》

和传统的盆景花卉之不同，可以这样说，因为他应用的工具不同，丢开了水墨的效果，而利用油彩的效果。在这一点上，颇接近中国建筑上以油彩颜料制作的装饰画和漆器上的装饰画。因此他的画多少带着一点民间味，但是又着意地把色彩和线条加以提升，色彩单纯化，线条拉长，凝练，排除装饰彩绘的艳丽繁复，给予一种典雅、矜持。不说是"书卷气"，可以说是"书斋味"吧。

这一种中国花卉的再造，有其成功之处，但就我个人感觉，总嫌"造作和太雅"。我觉得那是一个关闭的世界、雅致的世界，缺少新鲜而实在的生活气息。"雅致"并不一定是缺点，宋画的一些小册叶可说极精雅，但也吸引我。"造作"也不一定是缺点，毕加索的画能说不造作吗？而我能同情那造作。我为什么？我疑心那是因为我们同属于一个时代，我对同时代的人的画有一种特殊期待所造成的。

有人或者要说这"造作和太雅"是来自缺乏生活的土壤，因为流浪在异地太久了。这话不错，但是也不完全对。我略略知道台湾文艺界很热烈地谈论乡土文学、乡土艺术的问题。这是很好的现象，特别是为要纠正一种崇外的倾向。但是如果以为只有在乡土才可以产生唯一，则又是偏激的意见。且不谈文学史上许多人物在流放中、在远游中、在客居中写出一生最重要的作品，我们只看现代美术史吧，梵·高、高更、康定斯基、毕加索、米罗、夏加尔……不都是离开了乡土完成他们的工作的吗？有的是受了异地阳光风物的吸引，有的是着意追求一种原始朴质的生活气息，有的在异地得以自由地扩展想象力与表现力，有的在异地追忆乡土和童年。

"怀乡艺术"和"乡土文艺"，虽然同样描写故乡，究竟不同，固不能以同一种心情去欣赏，用同一个标准去衡量。"乡土文艺"的创作者浸浴在本土的空气、阳光、泥土、山水、人物、言语……中。"怀乡艺术"的创作者把记忆里的故乡加以日夕咀嚼玩味，把童年的一切汲起来，当然有许多事物已经走了样，

夏加尔《俄罗斯村庄》

变了质，但可能化为更奇突的形象，酝酿成更精醇的气味。这艺术不可能是写实的，只能是幻想的、浪漫的、超现实的。夏加尔笔下走了样的、变质的俄罗斯不是更有一种诡谲怪异的动人魅力吗？

我认为就是从事"乡土文艺"的人，也应该离开乡土远游一次，因为有了和异地的阳光、大地、人民做比较，会更深切地懂得乡土的特殊面貌。

无疑，常玉是一个"怀乡"的艺术家。我在他的盆花中看见他的梦。我觉得能够从那里一直追溯到他的童年与故乡。虽然我说也并不"偏爱"他的盆花，但从那里捕捉着了一种悠长的乡思是必须承认的。并不是"乡愁"，并不"愁"，并非心碎肠断的不堪，但是缠绵、黏滞，挥摆不去。

《红楼梦》第五十回，诗社即景联句，香菱有：

匝地惜琼瑶，有意荣枯草。

"有意"一词用得很好，在这里很可以借来说明我的意思。常玉的盆花似乎做到这一点，那些花草都恍然"有意"。

他画的花卉都植根在一个小方盆里，这一点很具象征意义，可以说很能反映他的"失去泥土"的心理。试看花的大小和盆的大小，两者是完全不能配合的。像莲花的一幅，花叶的柄那样修长，袅娜交错，但是藕根如何挤得进那一个小小的浅盆？就绘画表现上说，似乎就该如此，只能是如此。有了这样的小方盆的约束、紧缩，而逼出"盆""魂""痕""昏"的战栗的情调来。倒是我们不能想象把盆改画为正确的大小，更不能想象他把花画在泥土地上。

常玉《荷》

这样受了约束的植物的生命可以说也反映古代封建社会对于人，特别是女子的约束。缠了足的花，"碾冰为土玉为盆"的女儿，都会是常玉幼时的伴侣。漂泊在异域数十年的常玉终于提炼出这样的形象来，应不是偶然的。

在以兽群为题的画上，泥土不是太少，而是太多了。大地变得太大，浩浩茫茫，辽阔得冷漠、单调、怪异、敌意，是一种边塞、漠北、异域，不可名的"他乡"。这里没有茂林、花朵，只有无根的兽类，似乎已经迷失，在惶惶中踯躅和奔走。

至于人的形象，那些裸女，是我所

看不懂的。她们属于怎样一种美？具有怎样一种诱惑？暗示什么？憧憬什么？向我们期待什么？给予我们什么？我说不出来。如果说盆花“有意”，有一定内容，则这些裸女似乎无意、空虚。似乎他还没能把他心目里的人的形象完全凝聚、确定。但是他在晚期画了不少人体，也就是他自认为有悟的时候。也许在他自己是颇为得意的，问题在我没有能看懂吧。

我知道有人很欣赏他的画，并且收藏他的作品。我盼望能交换各人的理会和感受。我盼望他们能写出他们的欣赏经验，使我得到启发，换一个眼光去看常玉的画，读出另一些意义来。

我以为长期逗留在西方的中国人，都会在文化上、思想上，以至日常生活上，对于东西的问题做过或深或浅的辛苦的以至痛苦的反省、怀疑、发现。东西的问题在本土上生活的人当然也是一样感觉着的，但是也许不如此尖锐，而这是一个极有兴趣的问题：“一个中国的灵魂在外域的经验和变异。”

常玉有艺术家的气质和敏感，在西方文化环境中浸透了、劳作了半个世纪，

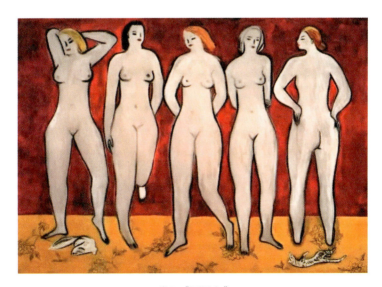

常玉《五裸女》

自结了特殊的果实。把他的作品加以分析，对于无论从事"乡土"的，或者"怀乡"的艺术的人，都会有提示借鉴吧。他在世时，我没有多接触他，多了解他，现在回想，是觉得遗憾的。

人体 & 艺术

黑人艺术和我们

楔子

翻阅《21世纪》第8期，插图里跳出几幅黑人雕刻的图片，出我意料之外，颇为一惊。急急看是讲什么问题的文章。翻到标题，原来是中国文化研究所陈方正先生游巴黎之后写的《花都之会》。花都与黑人雕刻又有什么关系呢？原来他在巴黎时，由画家司徒立君介绍，遇到了黑人艺术品收藏家吉加泽先生。吉氏送他一本与人合著的大书，书的重量怕有四五公斤。他带回香港后，"大家对我迢迢万里扛回的那本巨型画册都一致感到好笑、尴尬、震惊，甚至恶心：这么丑怪、诡异、夸张、荒诞不经的形象能够称之为

黑人雕刻

艺术，能叫人欣赏，能产生优美的感觉，激发崇高的情怀吗？"

他所说的"大家"的议论，所表示的惊骇，所提出的问题，都是真实话，是一般中国人对黑人艺术的直接反应，没有如此的反应，我想，倒是奇怪的。

这段话颇触动我，使我决定写一篇久曾想写的文章，谈黑人艺术。我想，在讨论文化比较成为热潮的今天，谈一谈黑人艺术是有其意义的，也是有趣的。目前这尚是一个很生僻的题目。

如何看，如何说？

我以为黑人艺术恐怕是距离中国文化最为遥远的文化产物了。当然澳洲和太平洋群岛的土著艺术也属同类。

1947年我来到巴黎，在人类博物馆看到黑人的面具和木雕，觉得"莫名其妙"。但倒也并未给我特别的不安。我认为这些是原始社会的产物，是人类学家研究的对象，正合放在人类学博物馆里陈列的。但是如此归档，问题却并未解决。

当时我也知道在本世纪初，西方现代艺术家如毕加索、布拉克、莫迪里阿尼、德兰等人都曾对黑人艺术发生极大的兴趣，并从黑人艺术吸取创作的灵感。最突出的例子当是毕加索的《阿维农的姑娘们》（1907）。这幅画的主题是或坐或立的5个女体，其中有两个的面貌做了粗暴的变形，扭曲斩削成木雕面具，和画的其余部分很不协调，我于是想这是西方人猎奇逐新心理的反映吧，没有去追问究竟。当时我对立体派的作品也还不大能接受的。

1948年我从纪蒙（Gimond，1894—1961）学雕刻。他应该算是西方正统的雕刻家，以塑头像著名。他也是收藏家，家里藏有埃及、希腊、中国、欧洲中世纪……各时代的头像。他的眼力极高，所收都是各个文化有代表性的杰作。我在他的工作室里看到了黑人面具：打磨精细的黑人面具在肃穆庄严的佛头、阿波罗头之间仿佛也散发着同性质的光辉。我于是有所省悟，开始换一种眼光来看黑人艺术。当然我也感觉到纪蒙所见的黑人面具和毕加索所见的黑人面具还是有所不同的。

在我开始能够接近黑人艺术的同时，我也就发现黑人艺术和中国艺术距离之远。数千年来，中国的绘画与雕刻所走的道路是另一个方向，在欣赏上，塑造了另一套美学语言，用来描述黑人艺术便不免要觉得唇舌笨拙了。

"气韵生动"、"传神阿堵"、"栩栩如生"……都用不上；通常描写书法、绘画用的词汇像雄浑、苍劲、典丽、淡远……描写佛像所用的崇伟、庄严、慈悲、和祥之类也都不相干。最具概括性的"美"也难于容纳黑人艺术，甚至正相抵触。正像陈先生文中所说，大家惊骇于这些作品的"丑""怪"，甚至"恶心"，看不出有什么"优美的感觉""崇高的情怀"。

那么要对中国观众和读者解说黑人艺术是相当困难的了。

有人认为艺术只需凭眼睛去看，不必用语言文字去解说的；喜爱了，解说也解说不清楚；不喜欢，怎么解说也还是不喜欢。

我认为不然。例如西方人初见中国画，不喜欢，说是"不懂"，觉得不合解剖，不合透视，没有光影，浅陋幼稚。中国人初见西洋画，也同样不喜欢，说是"不懂"，觉得虽然逼真，但是工细而刻板，一派工匠气，无笔无墨，不入画品。这时候需要一番理性的介绍和解释，说明西方艺术家的企图，说明中国艺术家的追求。观者如能排除了本土文化在艺术鉴赏上长期形成的一些成见，便渐能进入另一个审美系统，发现另一片艺术的天地。

走出传统

西方人对黑人艺术发生兴趣也不及一百年，是对西方传统艺术发生反叛之后才产生的。摆脱了希腊、罗马、文艺复兴传统的审美标准，摆脱了解剖、透视等的束缚，然后才能放眼欣赏黑人艺术。

走出这传统第一步的应属印象派。也是印象派的画家开始欣赏欧洲体系以外的另一个文明的绘画，那时是日本的浮世绘。印象派通过色彩效果描写外光，提升色彩的纯粹与鲜明。印象派画家虽然标榜科学的色彩学，但在实践中突出了个人主观的表现。莫奈画的巴黎火车站、鲁昂大教堂，尤其晚年的巨幅《池塘睡莲》，不懂他的意图的人会觉得一片乱涂，画面像一块大调色板，"不知所云"；而懂得的人则觉得挥扫纵横，画面留下客观大自然的神奇和主观表现的酣醉，印象派因重视色彩而松懈了物体的实在感。最先对这倾向作了反动的是塞尚。后起的立体主义则更进一步，突出立体而淡化色彩。立体派画家把视觉的现象世界解析为立方体、椎体、球体，在画面上重新组合，他们沉迷于几何形体的解构与再构。这时候，西方艺术家看到了黑人艺术，大有"先得我心"的惊喜。

当然立体派和黑人艺术有很大的区别。立体派画家的创作是极端理性的。他们既排斥照相式的写实，也排斥浪漫性的抒情。在他们看来，客观写实太重肉眼所得来的形色讯息，使理性从属于感官，这是他们所不愿的。他们要把这些讯息重新处理过，但是这处理又并非从主观情感出发，凭个人的喜怒哀乐作夸张或改造，而是把三度世界现象移到两度画面的绘画问题当作一个理性的课题去解决。他们不画什么历史主题、社会风情，甚至也少画风景。他们喜欢画的是静物，把桌子、椅子、梨、苹果、香烟盒当作最方便的研究对象。他们所关心的是空间、体积与几何组合的问题，他们创作一幅画类似解一道数学习题。

正因为立体派把绘画造型减化为简单的几何图形，而黑人面具和木雕也是以简单的几何图形为造型元素，在这一点上他们觉得和黑人艺术有了共同的语言。黑人艺术究竟说的是什么呢？在他们尚未完全懂得那声音的内容的时候，先被那声音的形式所迷住了。

在理和情之外

我们说了，中国人若要了解黑人艺术，也先要摆脱数千年来形成的一套美学体系。

中国美学思想体系的特征是什么呢？在民国初年已有不少人指出过，西方画注重写实；中国画注重神似。西方画求真，中国画写意，这意是画意，也是诗意。苏轼赞王维"诗中有画，画中有诗"，两边是相通的。西方绘画受科学精神的支配或影响；中国绘画则受诗的浸染和滋养。元代以后，诗与画有更密切的结合，而有机地并存在同一个画面空间里。这是西方绘画所没有的，也是在西方传统绘画空间里所不可能发生的。

中国的人物画要求"传神"，山水画要求写"胸中丘壑"，意图是相同的。"传神"是要捕捉对象的内在精神，此精神乃是画家对于对象的主观认识和阐释。写山水也是把大地山河融入心灵之后的再造。把描绘对象作客观的详尽记录，在中国艺术家看来，是"徒劳无功"，"得其形而失其神"的。

中国的创造方式是对于对象的同情的认识、移情的审美、择要的暗示。画家把对象视为活泼的、有生意的对话者、灵犀相通的同游者。试看八大山人笔下的鱼、鸟，究竟是何科、何种，难于确定，亦不重要。它们都露出"白眼看青天"的神态，它们是与八大山人同悲戚、同苦闷、共命运、共胸次的灵魂。再试看西方伦勃朗画的《屠后的牛》，那当然是带着极大的悲感画出来的，挂在木架上的那一具沉重的被剖开腹腔的躯体，使我们震撼。但这强烈的悲剧感是通过动物解剖的准确性刻画出来的，历过物质世界的一根筋、一条骨，点点血痕的陈述而把观者带入受难的精神世界去。

一个中国传统画家，隐迹于岩岫之间的，见到了伦勃朗的《屠后的牛》，如果也能有所感动，发生憬悟，他一定会有双重的惊异：一是西方画家能通过"得其形"而达到"得其神"；二是西方画家能在泥泞血污中看出画意来，西方画家所追求的"画意"是另一种画意；西方画家得到的"神"是另一种神。

伦勃朗《屠后的牛》

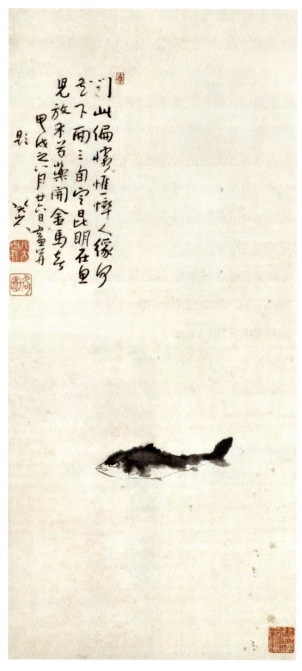

八大山人《游鱼》

看蒙娜丽莎看

中国人待人接物常说"合情合理"，但若与西方人比较，则西方人重理，中国人重情。儒家的"仁"就是一个情的观念，是一种真的、深的、博大的同情心。道家的"太上无情"和"游心于淡"，表面看好像超越情，其实只是企盼不受情的牵累，得到一种洒脱自放、乐天安命的情；其实仍然逗留在情的层次上，仍是一种情的生命情调。王弼所谓："圣人茂于人者，神明也；同于人者，五情也。"

因为重理，西方画里的自然是一冷静观察的再造；因为重情，中国画里的自然是一悠然静观的印象。那么黑人艺术是怎样的呢？若从西方传统来看，大概会说"不合画理"；从中国传统来看，则会说"毫无画意"。如陈先生文章里所提到的，我们会发现这样一个根本的问题："这样的形象能够称为艺术吗？"如果我们愿意开拓更宽阔的欣赏视野，就必须跳出固有的传统所给的艺术框架，而对这些作品加以认识，发掘其内容，分析其性质，咀嚼其意味。

腾跳

黑人艺术和自然的关系既非冷静观察，也非悠然观照，那么是什么呢？我想可以说是人与自然的热烈的共舞。

黑人面具是舞蹈时使用的道具。他们的舞蹈是一种"腾跳"，我们不说"舞蹈"，因为不带有曲折的情节，姿态也尚未演化出复杂的变化。这腾跳是躯体生存的基本律动，所配合的音乐是敲击；所配合的绘画是纹饰；所配合的雕刻是面具。所有的这些艺术都是以简单激烈的节奏为主要表现手段的。生命现象从节奏开始，脉搏、呼吸、咀嚼、步行、奔跑、性活动……都是节奏，最原始的艺术接榫在这上面。

我没有去过非洲腹地，但在巴黎地铁里曾看到黑人的

非洲扎伊尔面具

击鼓表演。他们把地铁隧道当作共鸣器，在他们乱雨急雹的鼓点中，大地的胸腔跟着这节拍战栗。我们可以看到他们发亮的乌木手掌和修长的十指疯狂般轮流拍打在鼓面上、鼓边上，把行人狂暴地卷入激荡翻滚的声浪中。没有任何民族能敲击得如此淋漓跌宕，心醉神摇。一如奥运会跑百米赛，没有别的民族能够使全身的筋肌发挥如此高弹性、高速度的效能。他们的臂膀、两腿，像蒸汽机车巨轮两侧的钢铁杠杆，就在静止的时候，也已经暗示着力的节奏，令我们赞叹。鼓声是单调的，但也掺入错节的轻重变化，变化中却又仍然是执拗顽强的单调。这单调起一种催眠作用、蛊惑作用、上瘾作用，使你六神无主，听它左右，祈望它不再停止，混入海水的潮汐，日夜的交迭，天体的运转，敲击到永恒。

腾跳是围猎的摹拟，围猎前的演习，围猎后的追述，围猎胜利的欢庆、餍足。腾跳心理是围猎心理的提升。这里有紧张，有恐怖，有凶残，有酣畅，追逐逸兽的急迫，面对巨爪锐齿的惧怕，围着烧兽的篝火的豪饮和饱饫。人与兽肉搏、厮杀、合一，一个吃掉另一个。人与自然进行血淋淋的争斗和共舞。戴了面具的人恍然进入兽的灵魂，那面具并非写实的标本，它是兽的精灵的化身，这化身是一个象征，一个徽号。

戴了黑人面具，不是在乔饰另外一个人，不是在表演一出戏的什么角色，而是摄取存在的生命力、魔力，存在的原始动因。那面具代表羚羊，却又不像羚羊；代表祖先，却又不像祖先。那是怪异的符号，人戴上那符号，进入那符号，他也就同等于符号；那符号于是动起来，有生命起来，灵（验）起来；而人也具得了一个神秘的新义；他是羚羊，是祖先，他的存在取得高一层次的功能，他被存在的神秘力所附着、所鼓动、所主宰。他是个体，也是集体；是人体，也是兽体；他在群体意识之中，在天地林莽之间，他像兽一样呼喘，他的心脏跳动到频率的最高限，他处在百米跑的状态，性高潮的状态，存在的白热状态。

黑人的腾跳和中国人的静观、守敬、禅定，恰是两个极端。黑人外向的粗犷和中国人内向的含蓄，恰是两个极端。然而，黑人在腾跳中得到的酣畅战栗，与中国人在看云听水时得到的恬适虚静，同是天人合一的神秘经验。这是艺术，也是哲学，也是宗教。

本能·冲动

黑人艺术不合情，也不合理，那么合什么呢？其创造的动力来自什么呢？

法国艺术史家福尔（E. Faure）在他的《世界艺术史》里说："我们不要在黑人艺术中寻求别的什么，只应寻找一种尚未理性化，只遵从初级的节奏和对称的情操。本能在推动年轻的种族，使他们在手指之间所制造出来的生动的形体，具有含浑的建筑感，带着稚拙而粗糙的对称性。无疑此本能服从于一种强烈的综合的要求，而此综合活动起于生活经验之先，而非起于其后。"他所提出的"本能"，是一个很具关键性的观念。

第二次世界大战之后，非洲黑人民族意识抬头，他们在政治上争取独立，在文化上也力求创造有特色的文学艺术。曾任塞内加尔总统的桑戈（Sédar Sanghor）是著名诗人，写的虽然是法文诗，但主题则是歌唱黑人——黑人的体质与气质，以及从这体质与气质延伸出来的文艺宗教和哲学。他赞美所谓 negritude（黑种性）。他认为欧洲的白种文化是建筑在"理性"上的，而黑人文化建筑在"冲动"上。欧洲人把主观和客观对立起来，从主体出发，分析、解剖客体，最后把客体加以征服、役用而终于摧毁。黑人把主客合一，他生活在感性中，以嗅觉、味觉、节奏、颜色、形象去直接感受外物。他活在对象中，对象也活在他之中，他给对象以生命，对象也给他以生命。

"本能"和"冲动"是从两个角度谈一回事。因为是本能的，所以这里没有理性的反省与推理；因为是冲动的，所以也无情感的蕴藉，缠绵的含咏。

面具上那两条细缝，或者两个圆洞，当然不是眼睛的仿制，绝不是经过理性

非洲面具

的观察刻画出来的；也不是经过情绪上的酝酿改造，我们无法辨读其喜怒哀乐。那是眼睛的编码代号，在我们看来是武断的。像儿童画上的一个圆圈，孩子说："这是妈妈。"

眼睛的代号，嘴的代号……拼合起来的面具是一个存在的代号。这面具的表情非笑，非哭，非恬然，非对自然的观察与征服……太大的圆眼或太细的眼缝，像一种最单纯的瞪视或迷失。像一种傻看。而在这傻看之后，有非常的生的激动。那是人类有一天直立起来，面对大自然若有省悟的愕然、矍然。他看见苍天、大地、万物、周遭，他惊觉他的存在。

愕然与矍然的面具是艺术，是宗教，也是哲学。三者浑然不可分，尚未可分。

面具是哲学，在哲学尚未诞生之前。因为面具对存在提出疑问，也给予回答。疑问以这样的方式呈现后，也就转化为答案。但这答案并非清晰的理念，而是一个说不明白的凿打出来的形象。这形象是问题和答案揉捏起来的大神秘。神秘是答，也终还是问。

面具是宗教，它试着窥测这个世界的秘密和神明，但它没有凝聚出神的抽象意念，也没有把此意念塑造为光辉的形象。光与影，善与恶，尚未有分野。如果把菩萨和恶魔都打碎，再组合起来，造成神灵，也许会形成近乎黑人面具的离奇。一种巫术的魔符。诅咒与祈祷的叠唱。

面具是艺术，但是黑人工匠并不自以为在制作一件艺术品。在操运工具时，

　　　　　　　　　　　　　看蒙娜丽莎看

他们所考虑的是如何依照传统的程式打凿一个神秘的面具。和任何文化中的雕刻家一样，他们的手和眼，在长期劳动中，逐渐发现造型的规律，他们追求这些规律所能达到的最大效果。最后造出来的面具的感染力、震撼力是巫术的，又是造型的；所以精彩的面具必然是惹眼的，怪异的，"美"却很难说。

一个神学家在这里窥见神的胚胎；一个艺术家在这里看见造型的缘起；一个哲学家在这里辨读出符号的雏形，原始的逻辑结构：正方蕴含正方，弧曲推导弧曲，而我们似乎被说服。

在静之外

其实在我们这一个静观文化中，也不尽是宁静与含蓄。生命是多面的，艺术也因此多样，我们也有剧烈的呼喊与腾跳，酣欢与悲怆，写出存在的惊叹号。只要想一想商周铜器的饕餮、佛寺金刚的怒目、狼藉的狂草、京剧的脸谱……那不也是离奇怪诞的符号？我们也曾以别人看来十分武断的艺术编码来陈述存在的不安，讲生命的故事。这些别人看来十分武断的造型符号和我们的潜意识与集体潜意识、本能与历史沉积相缠织在一起。认识到这一点，我们也许就较能同情地接近黑人艺术了。以平行条纹画出令人目眩的巴鲁巴（Baluba）的面具不是和京剧的花脸有相似之处吗？

试着设想我们自己的面孔上描绘了大红大黑的图案之后的感觉，或者就能稍稍揣测黑人戴上面具腾舞的心理状态。当然脸谱和面具之间还有大的不同，我们的脸谱隐隐暗示命运的悲剧；黑人面具更怪异离奇，然而不涉及历史。

诚然，毕竟，我们的文化是趋向宁静的。无论说静的道家、说敬的儒家、说禅的佛家，都相信只有在平静中，智慧才能澄明，才能洞鉴宇宙的秩序，才能体验此心的玄微，才能达到生命的高层境界。中国人所谓的"物我交融"，乃是隐几而坐的"游目骋怀"，一种俯仰于两间的移情的观照。李白诗所说的"相看两不厌，惟有敬亭山"，其实只是"独坐"的我看。恐怕黑人艺术才能算真正的"物我交融"。他们是以躯体投入外物之中，进入面具，裹起草扎的蓬裙，与外物合一而共舞。

中国人要脱离形骸，连自己的躯壳也看作累赘负担，而黑人一心投入形骸之中，灵与肉无间。肉躯即最后的真实，也是最高的真实。躯体的运动即灵的照耀。以肉体思，以肉体诗。礼拜天，腾跳着，他们呼诉祈祷；做政治抗议时，腾跳着，他们游行示威。人的超越性、精神性就在肉体的呼喊中、震颤中、腾跳中显现。

桑戈提出歌唱黑种的灵魂、黑色的肉体。这是他描写黑种女人的诗句：

> 啊，我的母狮子，黑色的美神，黑色的夜，我的黑色，我的赤裸着的！

有一天

写了以上的文字，对陌生于黑人艺术的读者，能否给一点帮助，并无把握。但是对惊怪黑人艺术之丑恶的读者，我愿鼓励他们。因为感到这些面具或木雕像的丑恶，是一个好现象。这证明他们带了敏感的眼光走来，只因囿于过去培养的欣赏成见，一时瞠然，这要比不喜欢，也不惊骇，完全的冷淡是更可能接近黑人艺术的。下一步该是摆脱既有的价值观，试着认识黑人雕刻家的意图，了解这一套造型符号。唤回自己的存在的最初始的愕然与矍然，最初始的节奏感与腾跳欲望，那么，有一天，含藏在这里的造型的、形而上的、巫术的媚惑，像一记棒喝，把我们卷去，有如美洲黑人的爵士乐的钢琴与小号。

1992 年

看蒙娜丽莎看

关于人体艺术

我们接受西方艺术已经半个世纪，对于西洋艺术的许多特征已经不觉得新鲜，因为看惯了，不以为奇了，其实并不表示已经被我们所认识、所了解。我们现在看西方绘画雕刻的人体不感到有什么奇怪。早在 30 年代就有徐悲鸿、刘海粟一批人把西洋画人体的方法介绍到中国来，在美术学校里摆了裸体模特儿来画，这和中国传统想法相违背，在舆论上很引起一些争论的风波，但是在当时似乎是西方传来的真理，非如此不可的。关于"人体"的问题实在是一个值得我们再提出来细细讨论的。

我以为在谈裸体的模特儿之前，模特儿这观念是西方的，和中国传统艺术观念相背道而驰的。我觉得今天的中国人欣赏西方美术，看西方的人体，仍然应该带着极大的惊讶的。

从史前艺术开始，我们就应该觉得奇异，在欧洲不同地区发现过石器时代小型裸体女像，一般解释为求孕的象征品，在中国没有被发现过。这些小女体可以说是西方裸体造型滥觞，此后埃及人少有真正的裸体，但他们刻画的衣服紧裹在身体上，身体的线条明显地显露着。希腊雕像无疑是追求裸体的完美的。

阿波罗是日神，是男性美的理想，在希腊雕刻里，他完全赤裸，是一个健康壮实而各部分发展均衡的男子。维纳斯是美神，是女性美的理想，在希腊雕刻里，也是完全赤裸的，是一个健康壮实而线条优美的女子。在希腊人看来，那些健壮的运动员型的体魄的美接近了神，就是神的体现。文艺复兴的米开朗基罗，不消说，是以人体来表现他的思想、情感。此后西方人从种种角度来描写了人体，特别是女体的种种之相，提香的丰实浓丽、伦勃朗的骨肉凝重、鲁本斯的华奢绮艳、法国宫廷画家的脂粉气……我们不一一去细说，一般说到西方文化，大概指出两个主要思潮：一是希腊罗马的；一是希伯来基督教的。它

旧石器时代的雕刻：沃尔道夫妇女

们之间有矛盾，也有统一，希腊罗马思潮歌赞肉体，而希伯来基督教文化是歌赞灵魂、鄙弃肉体的。但是从造型艺术之用人体表现来说，希伯来基督教思潮也利用人体，而且是裸体。在基督教思想统治下的中世纪雕刻也有人体，最先就是十字架上的耶稣，这个神也仍然是赤裸的。希腊神的裸体表现肉体和灵魂的交融、平衡，和希腊的神相反。十字架上的耶稣的裸体是憔悴的、受难的、大悲剧的，通过肉体的受难获得灵魂的得救。

如果我们拿中国寺庙的佛像来比一比，立刻察觉出这之间大不相同来。走进中国的大雄宝殿，我们看到低眉跌坐的大佛，我们即刻感到静穆庄严，心灵得到广阔的平静，我们怎么想象在这里面摆上一尊大步走着的、赤裸的，连性器官也坦然暴露着，雕刻得十分细微的阿波罗？在这里，我们可以在想象里做一个有测验意义的恶作剧。在一个庙会的前夜，我们偷偷地把大雄宝殿上的佛像搬到后殿去，佛龛上摆上希腊的阿波罗，或者宙斯更好，因为他是神之王，但他也是赤裸的。第二天早上我们可以躲在龛后，掩住笑，观察那些老太婆的惊骇，用录音机留下她们的议论和叫喊。

摆到神龛上的当然也可以用十字架上的耶稣，也几乎是完全赤裸的，但反响大概没有那么强。但如果是用耶稣，我们就发现另一个对比，耶稣是受难了的，是暂时死掉的，受难和死在中国的造型艺术中没有被描写过，尤其死。古代雕刻中表现受难的最著名的无疑是公元前1世纪的拉奥孔群像了，拉奥孔曾劝特洛伊人不要中希腊人的诡计，把大木马搬进城中，他被希腊人的护神所谴罚，为一只大蟒缠扼致死，连着他的两个儿子。中世纪描写受难和死也当然更多了，近代战争或革命的历史画更是死尸枕藉，并且往往是赤裸的，杰利柯的《梅杜塞之筏》的近景就是斜线错综起来的四具死尸，而且是赤裸的。这是中国画里无法想象的。中国版画里或绣像小说的插图里有尸体或者战胜者提着敌人首级，但画者也并不是很精心地要描写死之相的。

如果说死尸的描写是基督教带进西方造型艺术的，这也是不对的，因为亚里士多德在《诗学》里说过，"经过忠实描绘之后，本身使我们引起痛感的事物在艺术作品中都可以使我们看了引起快感，比如最使人嫌恶的动物和死尸"。这

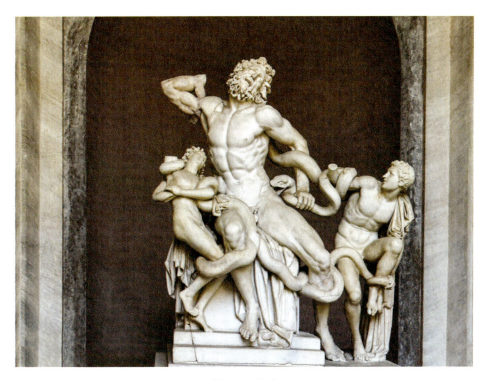

《拉奥孔群像》

样说来，古希腊人也对死尸描绘过的了。中国画论里讨论如何画尸体，谢赫六法第一条"气韵生动"可说和画死尸是决不相容的。当然不是说死尸便无画意，而是谢赫决不想到从死尸中去追求"气韵生动"的。不只是谢赫，我们试着想一想在哪一个朝代、哪一个画家可能去画一具死尸。一直到现代，钉死了挂在十字架上的形象固然是中国大艺术家所不能想象，像德拉克洛瓦或其他一类历史画家把尸体仔细刻画，并且是赤裸裸的。和钉十字架的形象相似的题材不可胜计，有关耶稣受难情况之外……其他圣徒的故事，像圣塞巴斯蒂安（Saint Sebastian，256—288）。又如何想象高高地挂着一副十字架，架上血淋淋钉着一个人，腰间除有一条布以外，筋骨暴突，头上圈一个荆冠，刺出一滴血点来，胸上有一伤痕，两手手心里各冒出一枚大钉子，脚背上冒出一枚大钉子，这受刑惨烈的景象和菩萨的雕像相差有多么远？

在中国传统艺术家心目中，裸体是私室的事，裸体的图画是不能摆出来的。挂在客厅里已不成体统，摆在通衢广场、大庭广众之间更是不可思议的，送入神庙里去礼拜，那真是荒诞与亵渎。

如果我们不带着惊异去看西方的人体，那么我们就不会真懂西方人的人体的，因为西方人之所以画人体、雕人体，弄了几千年，是有他们的动机的。这

东汉雕刻石　接吻像

一个主题有其丰富的内涵，足以引发他们不断地发掘。他们带着激烈的狂热和不息的惊异去刻画人体，我们至少要惊异地去认识他们的惊异。

说我们几千年来未尝没看过裸体，说中国人看见肉体毫不动心，像一些佛教里的和尚，这当

狄安娜和爱人恩底弥翁

然是不合事实的。但是每一个文化有它的特点，在文化的源头，酝酿了一个方向，以后的发展就受了诱导，就会继续向这方向进行。西方的中世纪封建社会对于个人自由是加以很大的束缚，人体的赤裸在现实生活中并不容易出现的。希腊时代赤裸身体作竞技的情况已经没有了，但人的肉体仍被认作一个重要的题目，最后审判的时刻，人都是赤裸裸的；神在十字架上，被放下十字架，被下葬，出圹穴升天……都是赤裸的。中世纪末期艺术家笔下的人体是苍白、瘦弱的，像北德 Cranach 笔下的女体，显然没有见过阳光，从重重的衣裙下剥出来的，但赤体的描绘仍然有。

回想中国古代，赤裸的神像有什么？弥勒佛袒着肚皮，并说不上赤裸，那肚皮象征心广体胖，一种彻底的乐天达观，是这副对子所描写的：

开口便笑，笑古笑今，万事付之一笑，

大腹能容，容天容地，于人无所不容。

其他赤裸的人物只有力士、魔鬼，而且也绝不是全裸，所谓"一丝不挂"是没有的，他们的肌肉是生硬扭曲的，是力士、魔鬼的。中国造型艺术里完全的赤裸只有在春宫图上可以见到，但是那绝不是对于人体的歌赞，中国的春宫图大抵属于庭园宫室画，穿过窗牖可以窥见内室的景象。人物的描写相当简单，勾勒大形而已，目的似乎在说明动作姿态，往往还不如窗外的梧桐、芭蕉、桃花、竹丛的刻画来得清晰、精美。

中国文学上描写美人，就是用自然界的事物去描写的，一个美的女人是：柳叶、桃花、秋水、春笋、樱桃、杏仁、蜻蜓、青娥、凝脂、编贝……所构成的；描写男女爱情也以自然物，比如连理枝、比翼鸟，甚至性爱也用了"云雨"这样的字去代替；其实描写男性的美也如此，所谓虎背熊腰、豹头猿臂、卧蚕

　　　　　　　　　　　　　　　看蒙娜丽莎看

仇英《燕寝怡情图》

眉、燕颔……以及所谓男性之不美的獐头鼠目、鹤发鸡皮，等等。

　　无疑儒家之流是要把足以刺激人的基本本能的裸体妥当地、严密地掩遮起来的。看看大成殿、岳王庙、黄帝庙里的大像，除了面部和手指。哪里看得见一点身体？大禹在古书里被描写成一个亲自率领民众治水的人物，在最艰苦的条件下忘我地劳作了十三年，三过家门而不入，描写他"股无胈，胫无毛"。可见他虽然不是赤裸的，但是他把裤腿高高地卷起来，以便蹚水行路，一副劳动者的模样是可以想见的。荀子描写说"禹跳"，说他好像跳着走路，这当然是荀子的想象。这想象倒也是合理的，以禹那样一个毕生劳作的人，在中国的大地上疏九川的人，不会穿着大袍子迈方步，而是紧张地东奔西走的。但是我们后来看禹王庙里的像，哪里看得见勤苦劳动的禹王？干瘦坚实而无毛的腿当然是看不见的了。

至于道家，可说是对人的身体有兴趣的，讲养生、长生，讲内丹、外丹，用种种办法来把人的身体调理得完好谐和，但是也并不把衣服打开来，把人体看个分明，浑然把衣服加人体当作一个奇妙的整体。不但它本身是一个不可分割的整体，它和宇宙也息息相通，和宇宙的运行相呼应而不可分割。道家理想的人物绝不是阿波罗式的。中国人讲究内功，是培养一种含蓄隐藏的潜在的力，所谓"隐曜韬光"。读武侠小说的人都知道那些道行的最高手往往是看起来软弱萎靡，似乎不堪一击的老极了的老头子，或者纤柔的弱女子。道家书里讲人体，仿佛没有肌肉这东西的存在的。

中国造型艺术为什么不描写人体，这有没有原因？也许可以找出许多，但大概都不是有决定性的理由。比如封建伦理思想的束缚，但西方也有过封建宗教思想的束缚；若说是地理气候的影响，但北欧的气候也是寒冷的，不适于裸体的；若说是儒家思想的统制，但在儒家思想形成之前，也没有赤裸的人体，而道家讲修炼也并没有把人体提升到欣赏的对象的地位；若说人体的观察和西方科学精神有连带关系，像希腊人对于人体的比例的研究，文艺复兴时期的人对于人体解剖的研究，西方中世纪描写的十字架上的耶稣又都和科学并无关系。

到现在我不知道怎样满意地解释这现象，我只能说中国文化有了这样一个特点：不把人体当作观察的对象、欣赏的对象，不把人体的美当作理想的象征。

我们提出来的这许多理由都不能单独

徐悲鸿《女人体》

抽出来作为中国人不描写人体的必要而充分的理由，但是对于中国人不描写人体的倾向都起一定的作用。像儒家伦理观念的约束，使男女关系畸形化，年轻的男子和女性绝缘，自欺欺人地说"书中自有黄金屋，书中自有颜如玉"，女人的形象越变越朦胧，只能在想象里捕一些幻影。画上的女人越来越单薄，而文学里的女人越来越遥远，达到极端就有了《聊斋志异》里的狐仙鬼女。她们在半夜孤灯里出现，摸上去凉凉的，抱起来很轻，怕人、怕白昼。晚清的一部分仕女画画的实在是这样的怨女孤魂，那衣裙的后面似乎是空的，只有一片风，所谓"弱不胜衣"，其实只画着一件空的衣服。

中国人不把人体赤裸裸袒开来欣赏，不意味中国人特别羞涩，或者纯正，或者具有清教徒倾向。西方人画着雕着赤裸的人体两千年以上，也并不意味他们更纯洁，或者对这问题看得更自然，处理得更妥善，他们也仍不能不把赤裸和不赤裸的状态分开来看待。

民国初年一些从西方回国的艺术家刘海粟、徐悲鸿大倡画人体，但"画人体"怎么画法？画希腊石膏吗？希腊的人体的含意和米开朗基罗的含意是不同的，我们学了希腊人体、米开朗基罗的人体对我们自己的表现有什么用处？我们批评仇英的仕女衣服后边没有人体，但我们无法请一个提香笔下的威尼斯女人穿进那衣服里。民国初年的画家也该知道提香笔下的女体穿上仇英画中仕女的衣服并不就是理想的中国画。

画人体不从表现的需求出发，是不能成立的。

我们的"造型艺术"缺乏人体，也并不一定就是一个缺陷，因为我们的造型艺术发展到了一个方向，发展了另一些主题。这些主题甚至和人体相排斥，比如中国发展了山水画，产生了郭熙、范宽一类的人物，我们无法想象《溪山行旅图》里安排一个赤裸的女人。

阿历山德罗斯《米洛斯的维纳斯》

看蒙娜丽莎看

米开朗基罗《夜》

仇英《修竹仕女图》

提香《沉醉在爱与音乐中的维纳斯》

但是我们接触了西方艺术，并不妨碍我们惊骇地欣赏他们对人体的歌赞，正像他们也惊异于我们的山水画所表现了的意境，也不妨碍我们要自己动手画人体，歌赞人体。但是如何去画，就要看人体在我们的生活中究竟占怎样一个地位。从民国初年刘海粟、徐悲鸿等人在上海美专、杭州艺专成立人体课，我并想不起来在什么人家里摆着裸体画。

西方人对人体的描写确是多姿多彩的，我们随便举几个例子：提香笔下的女人，那样的丰满腴实，以赞美浓到了酒一样的成熟的果子的画笔来赞美女体，透过女体的歌赞来歌赞大地的富美。而米开朗基罗是把男性的肌筋当作语言词汇来述说生命的艰苦斗争，每一个肌筋的肯綮象征生命的问题的缠结，每一条肌筋的紧张也就反映思想的追求和努力。他观察人体的外部还不足，他做过解剖，像许多文艺复兴的艺术家一样。波提切利的女体尚带有中世纪的哥特式的修长、纯洁，但开始染了异教徒风的世间性女人的诱媚。鲁本斯抓住了、把握了白种皮肤上所有的光泽。伦勃朗的宗教感、人生苦乐的浓郁味都在他的

米开朗基罗《蓄胡须的奴隶》

波提切利《诽谤》

女体里呈现出来，他似乎只画过中年妇人，乳房已经下垂，腹部已经膨胀浑圆，但母性的意味，中国人所忌避的人间烟火味都充满在其中。近代的雷诺阿，他老年有了麻痹以后所画的女体，则全是少女，那浑满的肉体上是彩色缤纷，真是百花酿成蜜浆。罗丹的刻刀下是人体变化的全景，从少女到干枯的老妇人，从年青的身体到殉难的老加莱的义民，从嫩芽一样的躯体到老树枯藤一样的躯体，他都描写了。

面对这许多奇景，一个中国人怎能不惊讶呢？我们的惊讶并不是自卑，亦不是自傲，这惊讶正像我们看到黑人艺术，看到中美玛雅艺术、澳洲人的艺术不能不惊讶是一样的。原来对着这个世界有这样的一个观察欣赏玩味的可能性！不同的文化相接触必有这样的惊讶，然后有互相影响、互相学习、互相

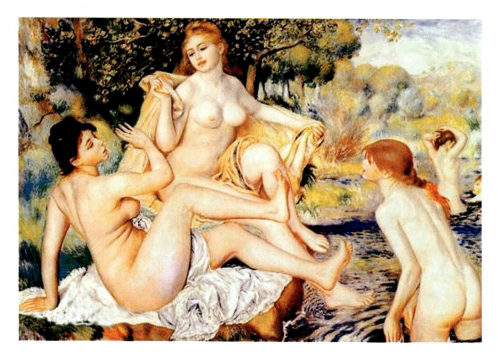

雷诺阿《大浴女》

吸收。

当然学习和吸收要根据我们自己的需要。我们今天也把长袍大褂脱掉了，挺起胸来，光着臂膀，用我们的肌肉体魄，我们当然就要描写这些的，但我们所要描写的不会像希腊人，不会像文艺复兴时期的人，不会像法国 18 世纪人……

艺术和生活不可分，和生活观、信念不可分。一个中国人来画裸体，画一幅两幅，也许他可以当作习作，但说是人生的意义就在这里，宇宙的真谛就在这里，他大概是不能确信的。但是让我们看一看米开朗基罗的一幅人体素描，那里边反映了他的全部人生观、宇宙观，弥漫着这一个不平凡的人物的全部生命力。

米开朗基罗《摩西》

朴态艺术

一

今年4月到6月巴黎应用美术馆举行了一个不平常的展览会，名作 Art Brut。Brut 是未经加工、未经打磨的意思。中文"璞"是未剖的玉，"朴"是未完成的器，所以作一兼及音义的翻译，可称作"璞态艺术"或"朴态艺术"。

这展览会在艺术界引起不小的骚动。不用说艺术家们发生浓厚的兴趣，而巴黎的报纸杂志，从专门的到通俗的，从让-保罗·萨特主编的《现代》杂志到销路极广，相当于美国《生活》杂志的《巴黎竞赛画报》都做了介绍。有人认为这展览的重要性比得上20世纪30年代超现实主义的展览。

为什么叫"朴态艺术"呢？这是相对于通过艺术学校训练，通过艺术传统修养，通过美术史的认识而创造出来的作品而言的。"朴态艺术"的作者远离这些"文化遗产""文化教养"。谁是"朴态艺术"的作者呢？是精神病院的病患者。他们在病前不曾进过一次美术馆。有的文化水平极低，大概达·芬奇、米开朗基罗等名字听也没听到过，也不曾想到过要画一张画。他们是瑞士山上种葡萄的工人、法国北部煤区的矿工、西班牙什么小镇上的理发师……精神病发作后，住在病院里，不知什么时候，偷偷地画起来了。开始也许画了藏在衣袋里，后来被发现，得了医生的允许和鼓励而大量制作起来。这制作活动对病人说，是发泄积郁，是一种精神的解放，对病本身有相当治疗作用。对医生说，通过画的了解，可以更深切地认识病患者的病情，在诊断上获取宝贵的材料；而通过画风的发展，可以了解病情的发展。在心理学，精神病学方面引起的问题非常多，这里我们且看在艺术方面引起的问题。

二

　　为什么展览会不直截了当称"狂人艺术"呢？因为称作"狂人艺术"就不免暗示这是"病态的""不正常的"。观众会带着另一种眼光去看了。展览会主要组织人——画家杜布菲（Dubuffet）在介绍文字里，就特别写道，把病态艺术和健康艺术或常态艺术对立起来是毫无根据的。本来什么算是健康的艺术呢？美术史上可能找出一种作为标准的常态艺术吗？在伦理美学家眼里，颓废主义是病态的。在传统艺术家眼里，现代的超现实主义、机械主义等都是病态的。在反抗传统、追求新路的艺术家眼里，墨守成规的学院派艺术是病态的。在18世纪欧洲人眼里，黑人艺术、红种人的艺术乃至东方艺术，虽非病态，至少是心理发展尚未全备的。

　　我们要求于艺术的显然不是要它"常态""循规蹈矩""合标准"。相反的，我

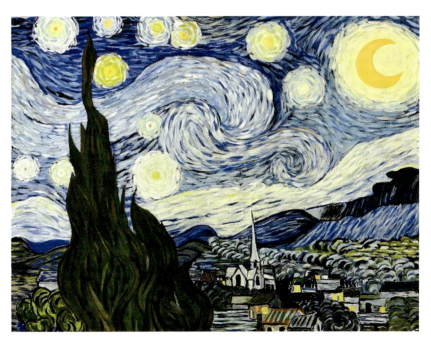

梵·高《星夜》

们要求艺术痛快透彻的表现。李白的"白发三千丈",杜甫的"但觉高歌有鬼神"岂属常态呢?所谓"夸张",所谓"浪漫",所谓"悲歌慷慨",所谓"放浪形骸",所谓"解放的""反抗的""前哨的",不都正是要从"常态"中跨出去的要求吗?

天才的艺术家因为神经的敏觉,与社会成见相冲突,不是往往走在疯狂的边缘么?并且甚至真变为疯狂的吗?像画家梵·高,诗人诺瓦利斯,音乐家舒曼,袁宏道为他写下一篇著名的传记的诗人兼画家徐文长。

"朴态艺术"与艺术家的艺术的区别只在"朴态艺术"不受他人艺术的影响。"朴态艺术"在创作方式上,是一独白。一个精神病患者与外界失去正常的交往关系,他把自己关闭在自己幻造的世界里。说"作茧自缠"似乎是一好的比喻,其实也并不完全切合的。因为在这世界里,他作画、塑造、刺绣(在展览会中这三类作品都有)的时候,是不再有任何顾忌了。不再有人来干扰他,威胁他,指使他。他只觉得完全自由,随心所欲。"一切都成为可能",并无自我关闭的感觉。一个正常的艺术家工作的时候,尽管"纵横恣肆,淋漓磅礴",其实他的理智活动并未停止,向来的艺术修养暗暗在规范,年长月久的技巧必然要流露的。所谓"寓有法于无法"。他的酣醉是明智的。而这酣醉中,下意识里,他仍然要求别人的了解、共鸣。他不是纯然的自由的活动。原始艺术也不是"朴态"的。非洲黑人艺术也经师徒相传授。每一部落有一套传统的神话、宗教仪式、图腾象征。这象征有一定的样式、制法。面具与图腾的制作者是小心翼翼地遵守这些规定的。和"朴态艺术"相仿佛的恐怕只有六七岁以前儿童的自由画。那也是不受"文化"影响而自发的创作。但儿童心理当然与成年的精神病患者的心理是大不同的。儿童开始和外界发生关系,学着认识外界,意识逐渐和潜意识分化开来,而成年的精神病患者走着相反方面的路。精神病患者在外在生活中遇到阻障,遁逃到潜意识的世界里去,在那里,找到掩护、安顿。那是一个怎样的世界呢?他们制作的"艺术"给我们透露了消息。

　　　　　　　　　　　　　　看蒙娜丽莎看

亚洛伊丝作品

三

展览会搜集了七十余人的作品，我们试举二三例介绍给读者。

展览会的第一室陈列一个瑞士妇人的作品，名亚洛伊丝，1886 年生于洛桑。中学读完之后，在瑞士、德国做管家女。27 岁开始患精神分裂症，33 岁进入瑞士南省的精神病院，于是开始画画。55 岁以后画得更勤，在病院兼做熨衣服的工作，也很勤快，1964 年故于病院。她的作画工具是彩色铅笔和水粉。每幅颇不小，往往有半平方米。色调以红黄蓝颜色为主。画面感觉相当热烈，带给人以节日的喜悦。笔触直来直去，很爽快。题材有人物、花卉、房屋。在结

法国煤矿工勒萨作品（1876—1945）

看蒙娜丽莎看

构上，这些东西以图案形式拼合交织，空间的关系不确定。人物的眼睛都特别大，没有眼珠，眼睛是一大片深蓝色，有时候占去脸部三分之一的面积。似乎不看向外界，而做着自己的幻梦的盲者。女人都盛装，饰有耳环、手镯，有很丰满的胸，乳头着重地染着。

勒萨是法国北方煤矿底层穴道的矿工，生于 1876 年。35 岁时，听到有声音叫唤他，要他画画。他参加了一些迷信结社的活动，像"转动桌"之类（类似中国的扶乩）而发现他的手果能按照他听到的声音涂写许多东西，于是买了颜料画布开始画起来。他的第一幅作品就很大，费时两年（1912—1913），世界大战使他停止了一个时期，以后他作画到病故，所画的只是建筑物，或说像建筑物的大结构，而有一种神秘气氛。全幅是一片非常繁复地堆砌起来的几何形体。色调典雅而谐和，线条都机械画一样地精确。乍看像一座印度庙宇，繁琐而浩瀚，似乎供奉什么神祇的千层祭坛，但是所祭的是什么呢？那上面没有神像，也没有任何象征。作者修士样的耐性和无对象的虔诚令人惊奇。

杜夫于 1920 年生在法国北方煤矿区。20 岁即入精神病院。6 年之后，医生发现他在衣袋里藏着奇怪的画，画的是他所谓的"犀牛"。既得医生的许可，他有了彩色铅笔和水粉，于是画了大量的"犀牛"。又 6 年，突然辍止了，他的心理就一天一天陷入蒙昧状态。这些画全幅就是一个庞然巨兽的侧形。头上长着各种形状而数目无定的耳和角，大眼，短尾。腿或两只，或三只，或四只，或生着爪，（鸟类的爪，昆虫的爪），或赘疣样垂挂着。他只是画"犀牛"，大幅的、小幅的，一律是"犀牛"。单调么？并不。和某些专画龙、专画马的画家比起来，他的犀牛更富变化，而神怪得多了。颜色十分浓烈，线条也豪阔。

以上的描述无疑是要读者失望的，并不能让读者对原作有十分明确的认识。如果我说亚洛伊丝的画有一种媚丽，勒萨的画有一种庄严，杜夫的画有一种豪放，也许读者比较满意，似乎对于原画的风格能把握到一些，但是这种说法是有毛病的。这是"文化艺术"的标准用在"朴态艺术"上了。勒萨的画果然是一虔恪的作业，但亚洛伊丝并不曾想要制作媚丽的效果，杜夫也绝未要表现豪放气概的。要我试着去鉴定三人的画，或可以说亚洛伊丝的画里有"失去的乐园"；勒萨的画有着"神秘的祈求"；杜夫的画有"惶恐的凝视"。但是这种说法也有毛病。经过这一说，似乎"朴态艺术"都可以这样说得清楚了，那是大不然的。在这七十余人的画中，有许多对精神病学家说，或许也还是个谜一样的含混难解吧。

四

"朴态艺术"是真正纯粹自发的创作。展览会看后的印象是：这些作品像大自然的奇花异果。我们从未见过，而它们在那里抽枝发叶，开花结实，每一花一叶都那么荒诞离奇，令人惊讶，然而全无一丝作态，没有一丝媚世骇俗的存想，只是一往情深，痴心做去，令人心折。奇异的花木在深山里自开自谢，不求什么人赞赏，不像芙蓉的临风高举、玫瑰的灿烂招摇。我们叫不出它们的名字，不知道它们的用途，然而它们似乎绝非无缘无故地存在着，似乎含藏着我们尚未发现的意义。它们不表现"美"，不表现"善"，不"讽刺"，不"诅咒"……不表现任何我们可以辨认的主题，它们的话我们听不懂，但是却具备着一种诱惑我们的力量。

这究竟是什么呢？这是另一种大自然的现象：潜藏在人类心理底层、潜意识里的景物。潜意识世界是弗洛伊德学说产生以后，才逐渐为人认识的。以前我们没有心理准备，也没有工具去正视、去研究、去发现。在过去，人对于潜意识的许多现象，对于疯狂症只有畏惧、蔑视或敌视，半个世纪以来才学着去理解。学着去看狂人的画更是近年的事。这固然是现代心理学开辟出来的道路，但也是现代艺术给了我们这可能。现代艺术把艺术的领域极度地扩大了，以往摈斥在艺术之外的现在都收容进来，于是我们面对一片新的艺术领域。

看蒙娜丽莎看

五

其实，往昔的人们也曾知道狂人是会透露某些真理的，艺术作品中借了狂人的口而述说真理的有不少例子，像鲁迅的《狂人日记》。但那终是艺术家借用狂人之名写的日记，现在我们要读真正的狂人的日记，从真狂人中去发现更深、更复杂的人性的秘密。这是一种不易的工作。东方的心理学家、精神分析学家、艺术鉴赏家以及美学家也有到这新的艺术的极地探险的人吗？

1967 年 12 月于巴黎

西方人与裸体

一

以为西方人看惯了裸体，认为裸体是很自然的"家常便饭"，那就错了。裸体不断地产生其刺激的作用，时时要在舆论上制造风波的。我举两个例子：一个是文艺复兴时期的，我们知道文艺复兴期间在返回古希腊罗马文化去的呼声中，裸体又成为画家的主题。我们都知道米开朗基罗所画的《最后的审判》，不但被审判的众生是裸体的，耶稣与圣母也是裸体的，这样潮涌着数百个裸体的大画面，使教皇庇护五世命另外的画家给耶稣与圣母加上了一些衣饰。

另一例子是近代的，印象派的先驱马奈（Manet，1832—1883）画了《草地上的午餐》，近景中两个着衣的男子和一个裸体的女人引起了舆论的非议。他的

马奈《草地上的午餐》

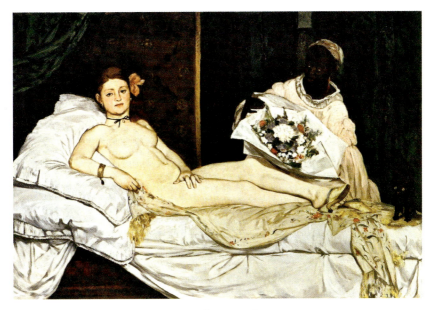

马奈《奥林匹亚》

另一幅画《奥林匹亚》，在主题上是很传统的，这样在软榻上斜卧着的裸女，从文艺复兴时期以来画的人很多，但是这幅画竟也引起了轩然大波。

"Vestale bestiale vouée au nu absolu!!"（Valéry: Triomphe de Manet）

二

罗马人所雕刻的裸体，其实是一袭漂亮的服装，和希腊人的裸体是大有区分的。罗马人的兴趣是个人的肖像，头是一个有个别性的肖像，而身体却是希腊神像的仿制，似乎这神的肉躯是一袭非常高贵的盛装。如果有钱请了雕刻家来打制肖像，必定请他同时剪裁一身均匀结实的肌肉骨骼，不管和那头像称不称。但是这一种裁缝式的裸体是不会生动的，雕刻家按照公认的规格来打制，只可能是呆板的样品，有时候速画人体、观察人体，这是不够的。

我常想，在科学上，中国人在近五十年来做了很大的跃进。从 20 年代开始，以新的教育制度，有意识地吸收西方科学知识；到了50年代、60年代，中国人在世界尖端科学的领域中取得有创造性的光辉的成就。这进步是很具体的，但是在艺术上，我们的成就是怎样的呢？我们在创造方面，在世界艺术上也有了一些杰出的人物，但我们在艺术的认识上是否可以说有很大的发展呢？我们对于西方艺术的了解究竟如何？对于非洲黑人艺术的了解究竟如何？对于美洲前哥伦布时代艺术的了解又如何？对于史前人类艺术的了解又如何？

三

希腊人要用躯体征服自然，而其所谓自然其实仍然是人。他们看见的自然，山、林、泉、溪，非中国人所见的山林泉流（中国人逃到自然里去，是没有人的自然，中国诗里常有"无人""独坐""独往""独酌"一类的字样，"独坐幽篁里，弹琴复长啸""相看两不厌，只有敬亭山"。画里的山水很少人，倪云林的山水是没有人的），仍然是山神、林神、泉神、溪神，都仍然是人的形象，仍然是人的模型。人与自然的关系、人与人的感情，仍是爱情、忌妒、争执、战胜、复仇……

写在德尔菲阿波罗神庙石额上的"认识你自己"，后来被苏格拉底引用来谈哲学，不过这句话在雕刻领域里借用也是适合的，希腊人不断地刻画人的形象。

一般认为希腊最美的男体雕像是伊利索斯（Ilissos），这是半躺而扭转的躯体，有的考古家认为他是代表流过雅典北边的一条河赛菲索斯（Céphise）。

希腊的人体美和自然科学精神有连带关系。他们的人体，就在最初始的雕刻中，也已注意到肌肉骨骼的结构，他们在人体中找出一个客观美的公式，找出黄金规律。

我们可以说希腊艺术家是借着人体或透过人体来认识世界、欣赏世界、解释世界、赞美世界的，山林有山林之神，河流有河流之神，海洋有海洋之神。

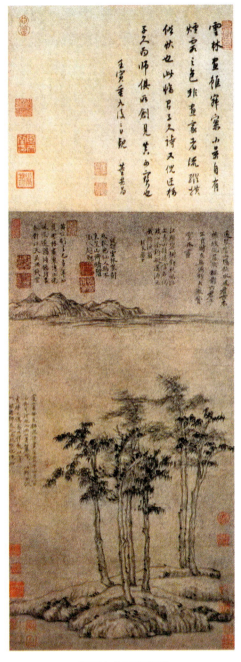

倪云林《六君子图》

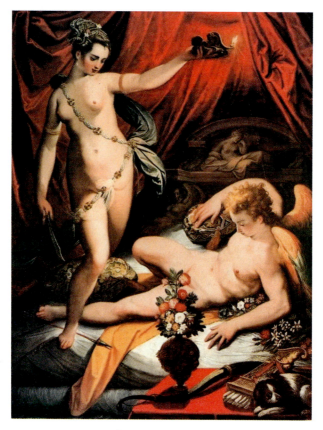

弗朗索瓦·爱德华·皮科《爱神与普赛克》

这和中国的山神、河伯的意思不同。中国的山神是小小的官，统治一座山，其职守和一个县知事治理一个县是类似的，山神并不是山；而希腊的山林之神是山林的精灵、山林的化身。具体的事物有神，抽象的东西也有神，美、爱、智慧、创造、灵感、忠诚、勇敢……也有神。在中国有许多著名的美人，其美可以"如神仙"，却并不把"美"这个观念和"神仙"硬融为一个。希腊有"美神"，而她最美的时候是全裸的时候，她是美的象征、情欲的象征，她的腰带是具有魔力的，任何神、任何人都抵抗不了这魔力的作用。她使所有的男神倾倒，使所有的女神忌妒。她的儿子厄洛斯（Eros）是情欲之神，性野而像母亲一样美。他是热情的、赤裸的，微笑着，手里有一张弓。他的箭是一种双发的连环箭，百发百中，而一支使射中的心充满欢喜，另一支使射中的心充满痛苦，以至于死。因此心被射中的，就将徘徊反侧于欢喜与痛苦中。他是顽皮的，这个世界往往被他的恶作剧弄得不宁。他的话比道德与责任的格言更有煽动性。

艺术家与模特儿

一

如果艺术家和模特儿的关系是科学家和自然现象的关系，一边是观察者，一边是被观察者，那么问题就很简单、很清楚。

但是不然，艺术家选择他的模特儿的时候，必定是模特儿在什么地方打动了他。如果有富翁请艺术家作像，问题比较简单，艺术家对于这位雇主并不曾有过什么感情上的关系，他可以冷静地去观察。但如果这是他先自行选择来的，要代表一个特定意义的形象，情形就不同了，他对这形象可能有倾慕、有歌赞、有爱。在创作过程中，这倾慕、歌赞、爱可能更加深，也就是说在这艺术试验室里，实际生活的因素窜进来了，他自己的使命的问题窜进来了，真正是生命里最基本的问题窜进来了。艺术家和模特儿的关系不再纯粹是观察者和被观察者的关系，而有了其他复杂的成分。

我们不必细究近代瑞士心理学家荣格所论的阿尼玛（anima）和阿尼姆斯（animus）理论，我们可以浅近地说，中国自古有所谓"意中人"，也就是理想中的情人。我们都有过这种经验，男的看到一个女的，会有一见钟情的事，心目中理想的女子就是如此。女的也一样会有这样的机遇，如果两边都有同样的感觉，那么实在可以说是天作之合。至于这样一个理想的形象是如何造成的呢？原因可能很多，父母的形象影响、潜意识的影响、教育的影响、文学作品的影响、社会风尚的影响……也就是说这个理想的形象是他整个复杂精神生活的总结集中。

中国艺术家如果想画仙女，西方艺术家如果想画维纳斯，他的构想一面代表他的社会文化背景，也代表他自己的向往。如果他在实际生活中找到这样一个女人，那么他内心的种种思想感情、意欲，都可以借这个形象导引传达出来，可以说是他的存在问题的集中表现。这个模特儿具有了高度的象征意义，这个模特儿可以说是艺术家的"存在的象征"、内心生活的投射。

他在刻画这样一个模特儿的时候，可以感到生命上的大满足。用哲学的话说是"一语道破"。他在这个形象中看到一切。"上天为我设此法象，示我以本来真性。"［明儒钱德洪（1496—1574，号绪山)《狱中寄龙溪语》］

二

有这样的一种模特儿，他是一个理想，理想有这双重意义：他代表理想的存在或者代表理想美的容貌。这理想的容貌是美，或这美代表一种理想的生命、理想的品格，这两者可以不是共存的。比如一个英雄，他对于艺术家来说是一种理想的生存方式，在生活中战斗而且胜利的人物，但他并不一定是美的代表；又比如一个美的少女，她对于艺术家说，可以是一种美的象征，但不一定代表她所追求的生活形象。

艺术家和模特儿的关系要分析起来，是很可以写一本有哲学兴味的书的。

艺术家和模特儿的关系曾为西方小说家作为主题写过不少小说，在这里我们只提出一本比较突出的来，那是挪威戏剧家易卜生晚年最后一个作品。

故事描写一个严肃而忠于艺术的雕刻家卢孛克要制作一座大雕刻——名作《复活之日》，他找到了一个名叫伊莉纳的少女作为模特儿，他在她身上找到了理想的形象，而她呢，在他那里看到的是有才华而在穷苦中奋斗的年轻艺术家。在作品将完成时他握了她的手，但是她听到他的感激的话，而没有听到他的爱情的蜜语。她失望极了，痛心极了。她曾经不顾家人和朋友的阻止，把自己美艳的肉体奉献出来，但是艺术家只把她当作一个模特儿。在她想来，艺术里的理想人物也应该就是生活中的理想人物，而雕刻家并不这样想。她怅然，远远地走了。后来雕刻家结过婚，复被妻抛弃，到了老年才和伊莉纳重新见面，说到往事的时候，他们有以下的对话：

> 伊莉纳说：我跪在你的脚下，为你效劳，但是你……你呢？……你……

> 卢孛克：我不记得对你做了坏事，决不，伊莉纳。

> 伊莉纳：做了，你将我心底里还未生出来的天性踩躏了。

> 卢孛克：我……

> 伊莉纳：是的，你，我是做了决定，从头到底，把我暴露在你眼前……而你，却丝毫没来碰我一碰。

> ……

> 卢孛克：那是，我当时以为你是决不可触犯的神圣的人物。那时我也还年轻，然而有着一种迷信，以为倘若碰了你，便将你拉进我的肉欲的想象里，我的灵魂就玷污了，我所期望的事业便难以完成了，这虽然在现在，我也还以为有几分道理的……

> 伊莉纳：（有些轻蔑地）艺术的工作是第一……其次，才谈到"人"呀，对不对？

于是，这里有了难以答复的问题：艺术第一呢？人生第一呢？艺术家和模特儿的关系是艺术的呢？是生活的呢？是纠缠在一起不可分的呢？是不是总有一边被牺牲呢？

这故事当然在真实世界里出现过许多次，这里举一个例子。

易卜生所描写的那个模特儿，是被雕刻家选来描写一个理想的，情况相当特殊，结果艺术家和模特儿都进入一个很难自处的情况。艺术家要为完成艺术割去实际生活的那一半，而模特儿要从艺术的理想跨到实际生活的理想中去。

就算两方并没有那样激烈的动情，艺术家和模特儿之间也还有许多不容易安排的关系的。我们可以撇开情感纠缠的可能性来分析艺术家和一般模特儿的关系。

三

艺术家和模特儿有一主一从，谁是主，谁是从，却没有一定。但有一点我们可以肯定，艺术家在制作中必须认为他自己是主，对象是从。即便画一个帝王，那帝王也只是一个模特儿，他必须冷然地去掌握对象的特点，倘若毕恭毕敬地去修饰美化是要不得的。艺术史上谈到提香所画的教皇保罗三世、法王弗

提香《教皇保罗三世的画像》

朗索瓦一世的肖像，就讲到他如何把他们并不很漂亮的特征如实地不客气地刻画下来，教皇保罗三世的老态，弗朗索瓦一世的鹰钩鼻子。

艺术家和模特儿的关系有一种很不平常的关系，模特儿被艺术家从日常生活中抽出来，摆着不动来描绘，这便很值得做一些分析。两者之间有一主一从，但谁是主，谁是从，不一定。从一方面说，模特儿坐定不动，任凭艺术家去摆布、观察、描绘，好像艺术家是主；但是另一方面，艺术家以追求美的心去观察，用歌赞美的心去描绘，所以又好像模特儿是主。

这主从的两种可能性在雇佣关系上也可以看出来，艺术家雇模特儿，艺术家要付钱，艺术家是主，但是如果像主请艺术家画像，则是像主出钱，模特儿才是主人。如果你请你的朋友做模特儿，或你的朋友请你画像，当然谁也不会出钱，因为双边都乐意情愿，债务互相抵消了。帝王教皇是很喜欢艺术家来给他们作像的，使他们的形象留传到后世去，但是他们又不喜欢做模特儿。因为坐着不动，听艺术家说"头再抬起来一点，再转向左一点"，使他们变成顺从的听命者，真正变成一个物件摆着不动，是和他们平日尊贵无比、一呼百应的角色完全相反的。平日他们的存在感威临一切，在空间上远达四境，现在忽然发现他们的实际存在是这身躯，只不过是这个躯体，而这个躯体还要受艺术家的指挥摆布，对于他们是莫大的嘲讽、亵渎。但是为了达到永垂不朽的愿望，在时间上延长，勉为其难，他们也只得照办。因为艺术家和模特儿的关系是另一种关系，确是把人从平常的生活中抽出来，放入另一种情况，艺术家对模特儿说："头再抬起来一点，再转向左一点。"为了使模特儿符合他的尊严，并不能说是一种命令，在永恒里对准焦点，和帝王所下的命令是不同的，不处在同一个层次里。但帝王教皇常不能分辨，或不愿分辨这不同，所以罗丹替教皇本笃十五世塑像的时候，要求从头顶上观察头颅的造型，便被严厉地拒绝了。

美国雕刻家巴纳德（G.G.Barnard，1863—1938）以邓肯为模特儿，制作

《舞蹈的美利坚》，名字是从诗人惠特曼那里来的，惠特曼曾写过《我听到美利坚在歌唱》。而邓肯在欧洲已有了盛名，第一次回美，在纽约表演失败，受到了冷漠的反应。她遇到了一个雕刻家，便是巴纳德，他要制作一座以舞蹈为题的雕刻。她每天到雕刻室去做模特儿，他们谈论如何变革美国的未来艺术，他们的谈论是热烈的，也引起互相的倾慕。邓肯写道：

邓肯　灵魂的舞者

"在我的一方面，我情愿给出心和身帮助他完成《舞蹈的美利坚》。但他是属于坚持节操的人，我们的年轻的爱欲丝毫不能撼动他的宗教性的固执，他的大理石像不会比他更冷峻、更严厉。"

"我是属于短暂的，他是属于永恒的，为什么我不愿意通过他的天才被塑入永远呢？"

四

模特儿和画家的关系是很复杂微妙的，我们且举两个最有名的例子吧，最先叫人想到的无疑是达·芬奇和蒙娜丽莎。一个佛罗伦萨的富商卓孔达请达·芬奇为他年轻的妻子蒙娜丽莎画一幅肖像，共花了四年的功夫，十分奇怪的是，最后并没有交货，肖像被达·芬奇带到法国了，他终老在法国，自己保存着这肖像一直到死。于是有了多样的推测。有人以为这并不是卓孔达夫人蒙娜丽莎（法文美术史中把这张画叫作《卓孔达》，英文美术史中把这张画叫作《蒙娜丽莎》，都指一个人），而是一个弗朗卡维拉公爵夫人新寡后的肖像；有人以为是一个神秘的那不勒斯女子，是一个佛罗伦萨贵族朱力昂·德·美第奇（Julien de Médicis）的情妇，贵族订了这张画像，后来又懊悔了，怕自己的妻子生忌妒，把画退给画家了；又有人说是 Lucrèce Borgia 的侄女；又有人说这是一个年轻男子乔装的……这种种推测至今没有结论，我们不是美术史家，不去细究考证的问题。总之，这许多争执都可以说明艺术家和模特儿的关系是复杂而微妙的，而这一幅画所表现出来的所谓"神秘的微笑"正是这一种关系，画家对于模特儿有一种赞美，模特儿对画家有一种诱惑，赞美和诱惑之间有一条不可跨过的距离，那就是作品。如果跨过去了，就没有了作品，强烈的欲求得到满足，那欲求热度就会减低，作品的表现力也就削弱了。艺术家拥抱了模特儿的时候，得放下画笔，而他拿着画笔的时候，得把全部情感都兑换为造型的表现。达·芬奇在这里表现了模特儿的诱惑和不可及，这美好的眼睛射出诱惑的光，却又是严拒的光，不可迫近。艺术家只能固定在一个距离里去观照，可是在这距离里，他又不断地感受到那非凡的吸引力的袭击。

另一个例子是《裸体的玛雅》和《穿衣的玛雅》。

戈雅大概是被诱惑了的，他和达·芬奇究竟有不同的气质，他有西班牙人的热情澎湃。他看到玛雅的白皙的肤色，禁不住要请她脱去衣裙，展现全部的鲜美炫丽的肉体；他画了，也必为她的鲜美的肉体的诱惑拥抱过，等到玛雅的丈夫说是要来看看画像进行得怎样了，戈雅才慌忙连夜赶出一幅《穿衣的玛雅》来，裸体的一幅当然是藏起来了。如今两幅都挂在马德里的普拉多美术馆。关于这个故事，美术史家们也是议论纷纷，有人说阿尔巴公爵夫人并没有做过《裸体的玛雅》的模特儿，连《穿衣的玛雅》的模特儿也没做过。我们且不管故事的真相，还是就画论画。其实，画里的玛雅对于艺术家的引诱是显而易见的，

看蒙娜丽莎看

戈雅《裸体的玛雅》

戈雅《穿衣的玛雅》

而戈雅对于那皮肤躯体的描写极其细致入微，几乎把芳香都表现出来了。戈雅和达·芬奇相反，他不尊重那一段模特儿和画家的距离，他一定是拥抱过那一段精彩的身躯的，而他把这拥抱的欲求和拥抱的沉醉都画出来了，我们可以看到玛雅的乳房很奇异地向两侧分开来。

　　如果要搜索画家和模特儿的故事，也可以写一本大书，每个画家怎样选他的模特儿很明显地说明他的思想感情，像高更跑到塔希提岛上去，在棕榈间画棕色粗实的女体。梵·高收容了一个生产不久的穷妇人，他画了她的枯瘦受难的躯体，而每一个画家和他的模特儿都有情节十分不同的故事。

五

　　模特儿是画家的理想的化身，而这理想可以是精神的，可以是情欲的，可以是情感的，可以是纯造型兴趣的，也可以是以种种不同的分量配合起来的。

　　天地间可见可画的事物不可胜数，从大自然的风雨日月、大地山川，到花鸟草虫，到楼阁车船，到桌椅床几，到瓶瓶罐罐，到人物。为什么画了人物？而人物中的类型也多到不可胜数。为什么选了这一个不选那一个，必有一个重要的道理，因为在这一个形象中集中了我们所向往的许多东西，所以模特儿和艺术家的关系实在是艺术创作里一个很重要的题目。

　　毕加索笔下的艺术家和模特儿。

　　毕加索把"艺术家和模特儿"当作了一生很喜爱的画题，他画艺术家面对模特儿在作画，这是很有点哲学意味的，这是画家的自觉、反省，好像一个小

伦勃朗《自画像》

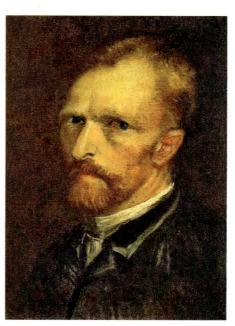

梵·高《自画像》

说家描写小说家在写小说，当然画家作自画像也是画家的自觉、反省。喜欢做自我探索的画家如伦勃朗、梵·高都画过很多自画像，而画"画家和模特儿"又不同，这是对于艺术创作活动的一种观照，对于艺术家和模特儿之间的关系的一种观照。毕加索画的自画像很少，而"艺术家和模特儿"这主题画得极多，这一点是很有意思的，是值得研究的。大概毕加索并不是一个很内向的画家，对于向内自省的兴趣并不大，而跳出自己，

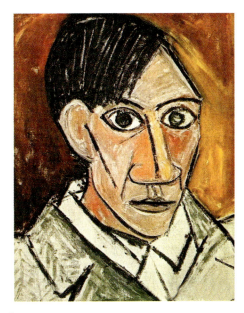

毕加索《自画像》

把艺术家的创作活动加以观察的兴趣却很高，真正是以嘲笑玩弄的笔锋去描写的。画"艺术家和模特儿"的画在历史上并不多，而毕加索很早就画过，到1967年，他在巴黎露易斯·莱里斯画廊的个展差不多全部是这个题材的，无论油画、素描还是版画。到了晚年，这主题在处理上又有了大变化。他毫无忌惮地把画家和模特儿的另一重关系给画出来了：画家手里拿着笔，和挺实的性器官同样重要了，一边在画，一边在和裸体的模特儿性交。这当然是毕加索特别泼辣和大胆的地方，事实上西方艺术家的确有这样一个问题，模特儿是理想的化身，但所谓"理想"者，那成分是十分复杂的，有精神的、有本能的，以及肉欲的、情感的……像地下的泥浆一样混合在一起。艺术家面对模特儿的时候，是受到生命浑然为一整体的煽动、振奋，这个"理想"固然是精神上的召唤，即情感上的诱动，也即肉体上的蛊惑，艺术家是否应该，或者能够克制肉欲的诱惑，这便成了一个问题了。这也就是易卜生戏剧里的那一个问题，现在肉欲

比易卜生的时代要解放得多，毕加索所画的画家和模特儿的那两重关系，是讽嘲，也是写实。在毕加索的笔下，女人被扭曲得奇形怪状，达·芬奇式的距离当然是谈不上的，恐怕连戈雅那一种战栗的抚爱都失掉了，毕加索画的女人都是他的情人。

六

我们且不去从文学作品中寻找艺术家和模特儿的关系吧。

达·芬奇和蒙娜丽莎之间所隔着的那一个距离，达·芬奇始终没有跨过去，达·芬奇竭尽他的才华歌赞那一个微笑的美，那一面容的吸引力和她的不可及。她有一种非凡的诱惑力，同时又有一种非凡的冷然，离奇地退远去，像一道虹桥。

戈雅是被诱惑了，他究竟是西班牙的热情澎湃的画家，他第一天便请玛雅脱了衣服，显出白色炫丽的肉体，等到玛雅的丈夫说是想来看一看画像进行得怎样了，他这才猛醒过来，连夜赶画出一张《穿衣的玛雅》来。裸体的一张当然是藏起来了，现在两张都放在马德里普拉多美术馆，这故事的真伪到现在还

毕加索《画家与模特儿》

在争论。有的美术史家认为阿尔巴公爵夫人既没有做过《裸体的玛雅》的模特儿，也没有做过《穿衣的玛雅》一幅的模特儿。

　　"艺术家"和"模特儿"是毕加索一生中一个重要的画题。他敏锐地觉察到他们之间有一个微妙的关系，也可以说是艺术家职业的一个重要的问题。很早（1954）他就开始画这主题，1963年在露易斯·莱里斯画廊的个展就以这主题为主，他专门以这主题画过一系列大大小小的油画、素描和版画。到了晚年，这主题又在处理上有了大变化。画家手里有笔，但并不在作画，而是在和裸体的模特儿性交。诚然，西方艺术家有这样一个问题。也就是说我们对这一对象做冷然的静观，实际上在更深的心理层次上有更复杂的本能的、文化（教养）的、理想的、情感的种种成分，像地下熔浆一样回转燃烧在一起。艺术家面对模特儿的时候，当然可以是面对一个被观察对象，但也往往是面对生命的蛊惑、生命的课题，画这个主题可以说是毕加索对于画画这一活动的一种反省，当然

塞尚　人体素描

不是哲学的反省，而是绘画式的反省。毕一生似乎没有画过自画像，而他画过那么多画家在画室里对着模特儿作画，这是一件有意思而值得深究的事，但此刻我们不讨论这问题。画艺术家在作画，这就总有点哲学的意味，这是艺术家自觉的活动、反省的活动。

梵·高曾接待了一个被弃的妇人和她的婴孩，他以这妇人和婴孩为模特儿作过画。塞尚晚年画过不少幅浴女，但是他没有模特儿，他说到了他的年纪也该拒绝把女人脱光了来作画的了，至多找一个五十多岁的女人来画，但是衣服脱光的是找不到的，所以那些画都是根据年青时代的素描画的。

左拉在《作品》这篇小说中着力地描写了"画家—模特儿—作品"的一种三角图像，画家对自己作品的狂热有甚于对模特儿的赞美，即使这模特儿是情人，是妻子。画家克洛德的妻子克莉斯汀说："我是活着的，我！她们是死的，你爱的这些女人……不要反驳，我知道她们都是你的情妇，这些画上的美人……""我明明是存在的，可是我消逝了，她们，这些幻象成为你生命里唯一的真实。""有什么用？你说，这些摹本比得了我么？她们多难瞧，又硬板，又冰冷，跟死人一样……"

看蒙娜丽莎看

说"气韵生动"

鄙视用机械工具的帮助，使画增加其客观准确性，一直到近代仍然不变，比如近代的画家黄宾虹在他的画论中写道："画分十三科，山水画打头，界画打底……故拘守迹象者为庸工，脱略形骸者为名头。"他所谓打头，就是最高格，打底就是最低格。

这一种看法在中国自古是主要的艺术见解。唐朱景玄《唐朝名画录·序》说："夫画者以人物居先，禽兽次之，山水次之，楼殿屋木次之。"唐张彦远《历代名画记》说："顾恺之曰：画，人最难，次山水，次狗马，其台阁一定器耳，差易为也。"

中国人对形似问题的看重从今天两个重要画家的言论中可以看出。齐白石说："太似则媚，不似则怪。"黄宾虹说："画有三：一、绝似物象者，此欺世盗名之画；二、绝不似物象者，往往托名写意，亦欺世盗名之画；三、唯绝似又绝不似于物象者，此乃真画。"

罗大经《鹤林玉露》论画有一段极好："曾云巢无疑工画草虫，年迈愈精。余尝问其有所传乎？无疑笑曰：是岂有法可传哉？某自少时，取草虫笼而观之，穷昼夜不厌。又恐其神之不完也，复就草地之间观之，于是始得其天。方其落笔之际，不知我之为草虫耶？草虫之为我耶？"（《鹤林玉露》）

方薰："气韵生动，须将生动二字省悟，能会生动，则气韵自在。"（《山静居论画》）

"气韵生动"一语可以提到中国文化特色的层次。

有人从艺术史的角度研究"气韵生动"一语的确切含义，认为谢赫的时代是人物画的时代，所以这一语是特别指人物画而言。这说法大概是对的，但是

黄宾虹《柴门独掩》

看蒙娜丽莎看

弗兰斯·哈尔斯
《弹曼陀林的小丑》

戈雅
《伊莎贝拉·德·波塞尔》

这话后来用在山水画上了，而且后来的人用这话似乎是专指山水画。这一语被谢赫提出来，当作六法的第一条，又被后世推广了，充实了意义，实在可以反映中国人对艺术的一个主要看法。郭若虚所谓"六法之精论，万古不移，然而骨法用笔以下，五法可学"（《图画见闻志》）。所以"气韵生动"虽然是南朝时提出来的，但南朝以前的中国艺术似乎也已经有了这一倾向了。

如果我们拿汉武梁祠的浮刻和埃及浮雕比较，就会发现汉刻给人们的第一印象是一片流动旋转的形体线条，细节完全从属于总的韵律，而细节的刻画不像埃及人的写实。

我以为"气韵生动"所指的生动可能有不同的四个方面：

一、所画的对象的生动，比如画的是一个人物，这人物表现得栩栩如生。所画尽管不是活的东西，也许只是块石头，但给人以生动的感觉。邓椿《画继》里有"世徒知人之有神，而不知物之有神"（《画继·论远》）。

二、画面效果的生动，整个画面浮动一种生气。老杜云"元气淋漓障犹湿"（《奉先刘少府新画山水障歌》），即"气韵生动"。

三、作者是以跳动的生命参与创作，不是刻板的计较经营，这一方面西方艺术很忽略。至弗兰斯·哈尔斯（Frans Hals, 1582—1666）、戈雅（Goya, 1746—1828）才欣赏笔触暴露的直抒。

四、作者人格的流露。郭若虚说："人品既已高矣，气韵不得不高；气韵既已高矣，生动不得不至。所谓神之又神而能精焉。"（《图画见闻志》）

二

追求"气韵生动"，从消极方面说，好像可以说中国人就从来没有看清楚、看准确所画的对象。从积极方面说，中国艺术家要把对象生动的感觉画出来。

打一个比喻，微观世界里的粒子没有位置，只有速度，不动的光子，固定在一个位置上的光子，是没有意义的。这就像中国古代艺术家对于对象的了解，把一个活着的人固定起来，那个人就和他的本然的面貌完全不同了，走了样了。

但是，我们知道西方把人固定起来，赤裸起来，解剖开来，也在艺术上达到了表现的能事，而且他们的路似乎是先死写对象，对象愈是死，在画家看来就愈是抓住了对象的"真"。比如看15世纪凡·艾克（Jan van Eyck，约1385—1441）的人物，掌握对象之后，然后慢慢达到自由表现。从个人艺术发展看是如此，比如伦勃朗，我们试看他早期的画，极其写实，有一种过分纤细琐碎的感觉，愈是到晚期，就愈是自由的挥扫。从绘画发展史看也有这样的进程，追求写实的倾向一直统治到19世纪末，意识从写实中踏出来，是后期印象派的事。

凡·艾克《根特祭坛画》

人体＆艺术

中国人现在很需要写实，因为历史上还没有把对象特点画死的经验。

中国人注意生命的活的现象，排斥机械观点，鄙视界画，鄙视匠气，中国人不以为把人摆了不动，就可以看得更清楚，不以为把人剥去了衣服就可以发现更深的真理，不以为把死人解剖了就可以更了解活的人。如果我们问谢赫，把人摆定了来画如何，脱掉了衣服来画如何，解剖死人研究形体如何，我想他一定会大惊或者大笑。至于回答呢，我想大概是唐张彦远的话："古之画或能移其形似，而尚其骨气，以形似之外求其画，此难可与俗人道也；今之画，纵得形似而气韵不生，以气韵求其画，则形似在其间矣。"（《历代名画记》）荆浩的话："似者，得其形，遗其气。"（《笔法记》）

这不同的态度在哲学上、在科学技术上都显示出来，生和死是相对立的两个观点，西方人追问生的问题，往往要追问到死里，然后再回到生的问题，往往要用死的意义来肯定、说明、证实生的意义。苏格拉底的饮鸩，耶稣的钉十字架，都有以死来对生做最终极定义的作用。

布弗莱（Bouveret，1852—1929）说："从死中，从死的浓影中所射出的光辉，照明我们的思想，使我们懂得我们的本性。"

绘画里最惨烈的十字架上的形象恐怕是马蒂亚斯·格吕奈瓦尔德（Matthias Grünewald'）所画的耶稣，遍体鳞伤，从复制品上看似乎是长满了毒瘤，荆冠的长刺戳在额皮里、肩皮里，躯体沉重地垂着，颜色已经是绿而青，很像一只盛满了什么的布袋挂在那里。而在雕刻里最惨烈的形象是悲尔必孃教堂的耶稣。佩皮尼昂是法国南部大城，接近西班牙，有一座大教堂，教堂旁的一个小礼拜堂里有一座木质的《十字架上的耶稣》。这是 16 世纪中叶的作品，有西班牙气质的强烈的夸张，是与戈雅、毕加索一类气质的。

现代西方艺术，从上个世纪末有了大的转变，艺术家发现研究裸体和解剖尸体于艺术创造并没有积极的帮助，因为艺术是表现。西方人发明摄影、电影、

马蒂亚斯·格吕奈瓦尔德《耶稣受刑》

留音、录音可以说是西方写实主义的延长、深入。在摄影术未发明之前，西方艺术是极端写实加表现，而摄影术发明之后，把极端写实交给了科学技术，而艺术家专事极端的表现。从后期印象派起到立体派、野兽派、抽象派都是艺术家主观的自由表现，但是近年来超级写实出现，似乎西方艺术家还是脱不了对实在认识的传统、对写实倾向的依恋。

三

中国人物画的第一要求是"气韵生动"，把人摆定不动，脸板起来，嘴闭起来，眼睛定起来，是和这一条规律相违背的。

我记得小时候听人说，有人塑泥像时把一团泥藏在袖口里捏，一边说话，一边捏，不多时，从袖口里拿出来便成，据说惟妙惟肖。这一种办法就是不要把对象硬摆成模特儿，死死板板地固定起来，不把对象从现实生活中抽出来。这一种把活物当活物去研究观察的方法和态度，在中国文化中有意识地或无意识地存在着。比如西方人要研究死尸，解剖尸体，在传统中医看来，生命的现象和那一堆物质是没有什么关系的。生命现象的确不是一堆物质的总和，但是生命现象是以那一堆物质为基础的。把一堆物质和生命现象恒等起来，或者截然分为两回事，都是走了极端。

把人摆成模特儿和解剖死尸是代表同一类观察研究的态度的。

中国人在明清时代初见到西洋画，并不承认那是画的，所谓"不入画品"。

中国最早的西洋油画《木美人》

像邹一桂那样的浓厚写实倾向的画家，他固然一方面强调写实，反对苏东坡的"论画以形似，见与儿童邻"。他在"形似"一条里写道："此论诗则可，论画则不可，未有形不似而反得其神者。"他甚至将苏东坡看为不懂绘画的："此老不能工画，故以此自文……而东坡乃以形似为非，直谓之门外人可也。"（《小山画谱》卷下《形似》）但另一方面对于西洋画，他也不能接受，在他的《小山画谱》里特别有一条"西洋画"论则，认为"虽工亦匠，不入画品"。我觉得徐悲鸿对绘画的见解，和邹一桂的相去不远，当然他比邹一桂是进了一步，不再把西洋画一律看作工匠画。他

　　　　　　　　　　　　　　看蒙娜丽莎看

马蒂斯手稿

倾倒于伦勃朗，而师从当时学院画家贝纳尔（Besnard，1849—1934）学画。大家都知道他不能接受马蒂斯（Matisse，1869—1954），他故意译作"马踢死"的。但极度的写实，他也是不接受的，荷兰人的静物，他就认为是"臭鱼焖肉"，毫无内容，是"费色费寿"。对于西方现代画，他以为是"自欺欺人"的，对于古代过分的写实主义他以为是"费色费寿"。他反对写意，无论是中国的写意或西方现代的写意；他主张写实，也反对过分的写实。

我们可以说邹一桂的艺术观相当于"中学为体，西学为用"的思想，徐悲鸿的艺术观则相当于严复的思想。

邹一桂《孔雀》

再说"气韵生动"

追求"气韵生动",从消极方面看,可以说中国人对于自然现象观察不够彻底;从积极方面说,这看法也是有根据的,并非不正确的。

中国古代艺术家把对象当作生命现象去认识。他们认为把一个活着的人摆着不动,那么这个人已经死板僵化,已经和本然的自然面貌不同了,已经走了样子。画家要把对象的表情、神态、精神综合地传达出来,表现他的活的样态。等他死掉,解剖他的肌肉骨头是无助于事的。中国艺术家要画的是花卉,而不是植物标本;是山水,而不是地势图。

沈周《秋泛图轴》

然而从西方人的成绩来看,他们的路子另有其优越的地方。他们的路似乎是死写对象、写死对象,然后再把对象画活,再慢慢达到自由表现。古代西方画家显然都经过这样的道路,比如伦勃朗,他年青时代的画,极其写实,给人以过分纤细繁琐的感觉,愈到晚年,笔法愈明显,愈有自由酣畅的挥扫。提香如此,高更也如此，在雕刻上，米开朗基罗如此，罗丹也如此。从整个西方艺术史看，真正从写实倾向中摆脱出来是上世纪末的事，西方人发明了摄影、电影、留音、录音等科学技术，固然是科学研究的成果，而从艺术的观点来看，也可以说是西方写实精神的成果，可以说是写实主义的延长、深入、变质，并且由新的艺术手段产生了新的艺术——第七艺术。这些发明，使他们感到客观观察和主观表现是可以分开的两回事，于是把客观观察交给了科学技术，而艺术家从此专事主观表现，于是出现了一系列现代艺术的流派：印象派、后期印象派、立体派、野兽派、表现派，到抽象派。但是近年来超级写实主义出现了，似乎竭力地客观描写对象的欲求仍在西方艺术家心里，并不曾因抽象主义而绝灭。他们仍然能在极端写实中得到满足，甚至因为能画得像照片一样而得到一种快乐。

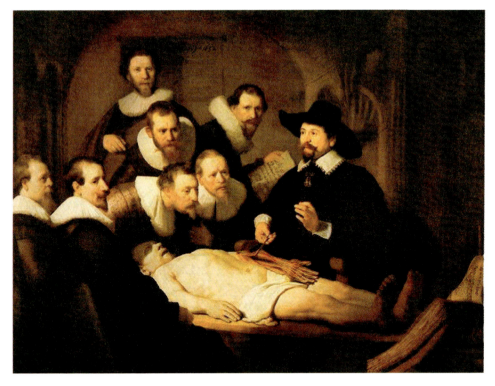

伦勃朗《杜普教授的解剖课》

摄影术成为他们的工具，甚至理想，从这里也可以看到前面说"摄影是西方写实精神的成果、写实主义的延长"，是可以说的。

中国人向来追求气韵，也自有道理，但缺点在于总是绕在对象的附近周遭，在一个不妨碍不惊动对象的距离下观看，不和对象肉搏在一起，不去改变对象，也不为对象所改变。

我想"气韵生动"可以有四种不同的意思：一、指所画的对象的生动，比如画一个人物，这人物必须表现得"栩栩如生"，这大概也是谢赫最初的意思，所

伦勃朗《先知耶利米哀悼耶路撒冷的毁灭》

　　　　　　　　　　　　　　　　　　　　　　　　　　看蒙娜丽莎看

画的如果不是有生命的东西，也应该把它画活。二、指画面效果的生动，这里所谈的生动不仅是所画的东西要生动，而是整个画面浮动一片生气，或是色泽的交融、线条的节奏，或是层次的远近，这是造型问题，杜甫诗里所谓"元气淋漓障犹湿"。三、指作者以跳动的生命进行创作活动，不是刻板地冷冷地计较经营，这是作者把创作的痕迹、创作时的欢畅留在画面上。四、指作者人格的流露，郭若虚所说"人品既已高矣，气韵不得不高；气韵既已高矣，生动不得不至"（《图画见闻志》）。所以中国人在追求"气韵生动"中，一方面追求对象的"气韵生动"，一方面还追求画者自身的"气韵生动"，而最后完成的作品也是"气韵生动"的。

罗丹《青铜时代》

罗丹《吻》

我方才说"气韵生动"可以提到文化特征的层次，我们读古代哲学，无论是哪一家的人，凡讲到宇宙总是"阴阳相摩""元气"一类的说法。这一种说法成为中国对自然界的公认的客观真理，像王充那样勇猛的怀疑主义者、唯物论者，一遇到自然界的问题，也还是"天地，含气之自然也"，一用"气"字似乎中国人就认为得到了最后的回

陈洪绶　山水扇面

答，不再追问下去。又比如张载有唯物倾向，他以气出发建起他的哲学体系，我想中国科学没有能够得到发展，是颇受这"气""阴阳两气"之害的。因为把这"气"客观化了，当作了基本公理，一切推理只要打这里出发，便被认为是无须证明的，不得怀疑的，拿它来形而上学地解释许多自然现象：宇宙的发生、四时的推移、万物的产生、人事的迁徙。艺术的"气韵生动"和哲学上的"太和之中，有气有神"是属于同一类思想方式，这讲法影响到医学、卫生、天文、天气各方面，有其可以讲得圆通而自成体系的地方，但也产生很大的局限性，尤其妨碍了以直接接触对象、分析对象、改造对象的方式来研究对象的可能。

话说得太远了，我们说这些话是为了说明这一种想法在中国文化里是一个特征，而且十分根深蒂固，深深地潜藏在中国人的意识里，到今天仍然如此。我们于是回来看看在欧洲、美国的一些中国艺术家的工作。他们大概有两个倾向：

一个是继续走"气韵生动"的道路，把中国的泼墨结合了西方的抽象主义，创作一种氤氲流动的抽象画，这一个倾向可以说继承了中国山水画的传统，可以说是中国古代绘画传统的延长，当然或多或少地吸收了西方的一些技法和新观念。

看蒙娜丽莎看

一个是接受西方的写实主义，中国古代不曾彻底写实过，所以今天的中国人来写实是有其新鲜的感觉的，所以有不少人以超级写实主义作画，也能够得到一种满足。

但是我也能感到在这两种倾向中的艺术家也各有不满足的地方，前者泼墨泼色，离现实愈来愈远，终于感到内容的空洞；后者竭力写实，但是生活在海外，写怎样的实呢：眼前所见的摩天大楼、汽车沙滩之实呢？记忆里的中国之实呢？画汽车能不能很亲切？画记忆里的中国能不能很真切？

西方人发明摄影、电影、留音、录音种种科学技术，可以说是西方写实精神的成果，是写实主义的延长、深入及质变性的跃进。有了这些发明，他们看到客观观察和主观表现是可以分开的两回事，他们把客观观察交给了科学技术，而艺术家专事表现，于是有了一系列的现代艺术流派的发展，从印象派到后期印象派，到立体派，到野兽，到表现，到抽象，都是主观的自由表现，但是近年来超级写实主义的出现，似乎西方艺术家还依恋于写实倾向，仍然能在极端写实中得到满足。

现在超级写实主义利用照相的机械技术

石涛《听泉图》

作画，在西洋传统中是可以找到先例的。在 16 世纪，画家作素描就利用机械，将对象准确地描绘在一块玻璃板上，一只眼睛从一块木板小孔的后面看过来，透过一块大玻璃板观察对象，把木板、玻璃板都固定在一个架子上。这机械的结构丢勒曾经画出来过。照相技术发明之后，一般画家都加以鄙视，但不少画家也加以利用，作为观摩事物的辅助，如德加。

看蒙娜丽莎看

尸体

一

埃德加·爱伦·坡（Edgar Allan Poe，1809—1849）写过一个故事——《椭形的肖像》：

一个画家为他的妻子作像，他用尽力气把握对象的美妙，最后工作接近尾声了，他不允许任何人走进古堡的碉楼，因为画家在他的工作狂热中正进入疯狂状态。他的眼睛很少移开画布，甚至不再看他的妻子，他不再想到画布上的色彩是从坐在他近旁的人的面庞上取来的。一个一个星期过去，只差一点了，差嘴边一个笔触、眼珠上一点闪光，少女的生命像油灯上的一丝火苗震颤着。这笔触放上了，这闪光也点出了，画家在他苦心经营的作品前神往，一分钟之后，他在凝视中战栗惊悸，失声叫出："说实在的，这是生命本身！"他急急回顾，看向他爱的人：她已经死去。

没有比这故事更能描写西方画家的企图、方法和悲剧的了。他们要把形象画得准确，一点一滴一丝一毫不差，模特儿必须不动，他把模特儿画死在那里。也只有模特儿之死才和画中的人合而为一，画中人的活也即模特儿的死。

二

十字架上的耶稣，说得直接些，那是耶稣的尸首。

但是西方描写尸体不始于十字架上的耶稣。在古希腊时期已经开始了。

希腊绘画今已无存，但根据记载，画家波利格诺托斯（Polygnotus，公元前5世纪古希腊画家）曾作大壁画《特洛伊城之陷落》，规模很大，人物仿佛

德拉克洛瓦《希奥岛的屠杀》

真人大小，而全画面是战争的恐怖景象，地面纵横有死者或伤者。波利格诺托斯和悲剧家埃斯库罗斯（Eschyle，公元前523—前456）是同一代的人，创造意图也类似。波利格诺托斯被亚里士多德赞为最有"伦理意味"的画家，由这记载来看西方画，德拉克洛瓦、杰利柯等人的尸体遍地的恐怖画面也就并不值得惊异了。

和亚里士多德同时代的著名希腊画家阿贝尔（Apelle，公元前4世纪），据说是喜欢画临终弥留的人的。

我们今天看到希腊雕刻，觉得那里弥漫着健康、茁壮、乐观的生命力，殊不知希腊人也曾画悲痛、创伤、濒临死亡以及死掉的躯体。我们虽然看不到画家的作品，但是通过陶器上所绘的神话故事，则常常可以看到尸体的描写。而且亚里士多德在《诗学》里说过："经过忠实描绘之后，本身使我们产生痛感的事物在艺术作品中却可以使我们看了产生快感，比如最使人嫌恶的动物和死尸！"这样说来，希腊人也对死尸进行描绘的。

三

谈到这里，对于西方人画人物的办法，我们可以看出四个步骤：

一、把对象坐定了来画，这是第一步；

二、把模特儿剥去衣服来画，这是第二步；

三、把死尸当作模特儿对象来画，这是第三步；

四、把死尸解剖了来画，这是第四步。

这四个步骤，对于中国的传统艺术家来说都是陌生的、可怪的，而最怪的莫过于第三个，因为把死尸解剖了画，我们可以认为是一种科学的求真的了解，但死尸本身有什么可画的呢？有什么可刻的呢？

画尸体和文学上以死为主题的作品有一定关系。

米开朗基罗最后的作品是两座圣母哀子像（Pietà），作于他70岁。

耶稣的尸体，那是神圣的尸体。

在画家那课题便是尸体的神圣化。

也许夸张地说，西方绘画只有两个主题：

女体的歌赞，这是生命正面的描写；

尸体的歌赞，这是生命负面的描写。

健壮的肌肉和大蛇搏斗，这座雕刻是为德国18世纪美学家温克尔曼（Winckelmann，1717—1768）、文学家莱辛（Lessing，1729—1781）所看重及讨论过的，所以很为人所知。中世纪描写耶稣和圣徒受难的图画和雕刻很多，单是耶稣受难的描写就有被鞭笞、被加上荆冠，背负十字架，跌仆在十字架下，被钉在十字架上，被罗马军官用矛头刺破胸皮，被放下十字架……被放下十字架的耶稣当然是以死尸的颜色去描绘的。近代描写战争和革命的历史画更是死尸枕藉，而且这些死尸是赤裸的，比如德拉克洛瓦的《自由引导人民》一图，近景是两具死尸；比如格罗（Baron Gros，1771—1835）画过《拿破仑慰问鼠疫患者》，病患者、死者都是赤裸或半裸的青色的躯体；又比如杰利柯的《梅杜塞之筏》的近景是斜线错综组织起来的四具赤裸的死尸。这都是中国艺术中没有的。中国木版画或绣像小说插图也画尸体或者战胜者提着敌人的首级，但画的人并不精心地要去描写死之相的。城隍庙里地狱中恶人受刑的情形恐怕是唯一描写痛苦的情景的了。谢赫六法的第一条"气韵生动"，其意义实在非常深

德拉克洛瓦《自由引导人民》

格罗《拿破仑慰问鼠疫患者》

看蒙娜丽莎看

杰利柯《梅杜塞之筏》

远，不仅仅是要把对象画活。而这些对象根本和"活"的观念相抵触，为中国人所不画、不用了的，中国人不会到死尸里去寻找"气韵生动"。

四

西方艺术家画人物或者雕塑人，要找人来摆定不动，对着观察、描绘，但还嫌不够，更把衣服脱光了来观察、描绘；但是还嫌不够，更等人死掉、僵掉，用刀子、钳子、镊子解剖开来观察、描绘，这是西方人的追求的彻底性，这和他们的科学精神是一致的。

达·芬奇、米开朗基罗都解剖过人体是大家都知道的，达·芬奇自己说解剖过十具以上的死尸。那时候还没有防腐的方法，意大利天气炎热，他们解剖到忍受不了尸体的腐臭气味才停止。法国浪漫派画家杰利柯为画《梅杜塞之筏》曾到病院观察病人临终的挣扎，又去停尸间观察尸体的颜色、形象，并且观察从尸体上截下的断肢在腐烂过程中形体和颜色的变化。

伦勃朗《德曼医生的解剖课》(残稿)

伦勃朗的一幅名作《杜普教授的解剖课》，画的是当时名医杜普在学生面前作解剖示范的情形。画中央横着一具死尸，左臂已经被剖开，分明看得见内部筋骨，教授的右手拿着一把解剖剪，钳住一条筋，7个学生面带不同的表情围着，在这里尸体是自然科学的观察对象，也是艺术家观察的对象。画这一幅画的时候，伦勃朗26岁。50岁时他又作了一幅"解剖课"，叫《德曼医生的解剖课》。尸体的刻画更为惨烈可怕，放在画的正中，这幅画不幸被火烧去大部分了，但画着尸体的部分是完好的，显著地表示"死"是画的主题。这些都是中国艺术家所不可思议的。

中国人完全不是如此的，中国人把眼光注意在生命活着的现象，排斥机械观点，连画建筑也不以机械的方法去表现。可以说中国画家以画肉体的线条画梁柱，而西方画家以画梁柱的线条画人体。中国画家一向鄙视界画，鄙视所谓匠气，惧怕人间烟火气、庸俗气。中国人不以为把人摆着不动就可以看得更清楚，不以为把人剥去了衣服就可以发现更多的真理，不以为把死人解剖了就可

看蒙娜丽莎看

石涛《溪岸幽居图》

以更懂得活人。如果我们问谢赫，把人摆定了来画如何，脱掉衣服来画如何，解剖死人研究形体如何，我想他一定会大惊，或者大笑。至于回答呢，我想和荆浩的话大概相同：

似者，得其形而遗其气。

或者像唐张彦远所说的："古之画……以形似之外求其画……今之画，纵得形似而气韵不生、以气韵求其画，则形似在其间矣！"

五

伦勃朗的死。

生和死的问题在中国绘画中没有出现过。如果中国绘画的主题是山水，那么通过山水，人进入传神的宇宙，个体融入大自然，人的生命已活在石木泉流之中，淡化个人自己的面貌肉躯，进入另一个存在方式，永生的恒有的存在方式。

伦勃朗则把死的问题坦示在画布上，大胆地、赤裸地，也可以说是笨拙地，便是"解剖课"，这是当时的名医学教授杜普和他的学生的群像，横在画面。

托尔斯泰也曾为"死"的问题所纠缠、围迫、苦痛。

六

英国艺术史家肯尼斯·克拉克（Kenneth Clark，1903—1983）说："一个16世纪的艺术爱好者注视每一条肌肉、每一条筋为何准确地附着在骨骼上，其兴致大概可以和20世纪的人欣赏一辆劳斯莱斯汽车的马达相比较的。"

这可以说是16世纪的科学精神的一方面，当时的科学发现在绘画雕刻上的影响是：（一）透视的兴趣；（二）解剖的兴趣。裸体的兴趣当然也和古希腊雕

　　　　　　　　　　　　　　　　　　　　看蒙娜丽莎看

鲁本斯《帕里斯的裁判》

刻的发现有直接的关系,所以鲁本斯(Paul Rubens,1577—1640)所画的《对无辜者的屠杀》中女人都是穿衣的,符合希腊时代的习惯,其实画的也是《圣经》故事;只在《帕里斯的裁判》中,女子的裸体才占了重要性。自此之后,女性的裸体才日愈占了优势,到19世纪可说是最高潮,说到画裸体就必定想到女性裸体。在这相当长一段时间内理性地分析人体的变化,感性地观照人体。

对于女体的歌赞可以说是从乔尔乔内(Giorgione,1477—1510)的《田园牧歌》开始的。

理性地分析人体的阶段、肌肉骨骼的结构是艺术家兴趣所在。他们看机体像看一部有良好性能的机器,这机器的操作情况当然在男性的身体上看得最清楚。

女性的圆浑不是机器性能的人体,不表现外在的机械操作,而是育养性能的人体。女性的肉体特点表现着包涵、蕴藏的特征。她自己是一个小宇宙、小

鲁本斯《对无辜者的屠杀》

乔尔乔内《田园牧歌》

看蒙娜丽莎看

天地，在其内部将有一个生命在那里生活 9 个月。她在尚未有孕之前，正好像在孕着什么，孕着一个未来，孕着不可知，孕着什么。她本身是一个象征。

七

最近我的一个男孩因车祸受伤，昏迷状态中一天两夜，抢救无效故去，他年纪刚刚 19 岁。我们去医院太平间看他的遗体的时候，第一眼便惊住了。他完全换了一个面貌。他是一个聪慧而敏感的人，读书很多，关心各种问题，颇接近所谓愤怒和抗议的青年，所以平日眉宇间的表情常是郁郁的，看得出内心起伏着、纠结着重重问题。这时候他的面貌变得舒松坦然了，全然安静了，一种大的平静，近乎一种满足与岸然，直到一种难以说明的庄严肃穆，然而很自然，并无矫作。他的本然的面貌似乎显露出来了。我的痛苦当然是非常大的，我似乎通过死的面貌感觉到他似乎在给我们说最后一句重要的话。我似乎这一刻才懂得死的意义，看到"死的美"。

当然这话是很容易给人误解的，我说"死的美"，是说死展开的景象不是恐怖可怕的，而是凝止的严肃、绝对的崇高。因为绝对，因为凝止，而给我们以惊怖。死，发出一种意义，邀我们去理会、去探索，和一片青山发出一种意义，邀我们去静观、去理会、去探索、去描绘是一样的。我过去在国内的时候，见过的死者不多，也不是很亲的人，面对死亡大致是惋惜、怜悯的心情，但即便是亲近的人逝去，那时我大致也只能感到悲痛、哀惜，对于死的意义并不去多想。我和妻从很远的地方开汽车去医院太平间，共六次，试画他的遗貌，并浇了一个石膏面具，这做法我想大概是西方式的。最后两次是妻主动要去的，她说若我不愿去，她独自去。

不，他们走得更远。

我忽然记起文艺复兴时期的大画家路加·西诺雷利（Luca Signorelli,

1450—1523）在爱子身故后，把孩子的皮揭除，细致地描绘了肌肉的结构，在他看来这结构才是人的更根本的面貌，才是他们的孩子更本然的形象。（这一记载见于丹纳《艺术哲学》一书中）

　　时间已经停止，我们如果观察一个睡者，他的眼皮、嘴角、鼻翼、鬓须都有极其细微几乎察觉不出的跳动颤动，使我们知道、感觉到生命现象在继续进行，你轻轻地吹他的面颊的时候，那嘴边也许会浮起一丝笑靥。但是死者是不信这些的，他完全的凝止，每一个形体都是冻结的。

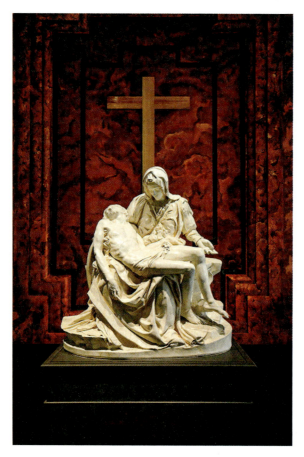

米开朗基罗《圣母哀子》

中国人未始没有在死者的面貌上看到奇异的美，未始没有把这感觉记下来；但是认为这里有着充分的深意，要把这景象画下来的，却从未有过。

由于自己的孩子的亡故，我有一天猝然惊骇地悟到米开朗基罗一生凿刻过三座圣母哀子像。

耶稣殉难的年纪又是 30 岁，犹年青的赤裸的男体，然而被鞭笞、被唾吐、被钉穿，死掉了，伤痕累累的冰冷的尸体，巨大而无动，绝望而已经坦然，因为在生命中该做的都已经做完。圣母，犹年青的母亲，她的腹曾孕育了一个巨大的人之子，此刻她伸开臂接受这一个沉重地走过人间，并承当了人间一切苦难与侮辱、痛苦与悲哀的她自己的肉。世界不要这个先知者，把他摧残得血肉模糊，然后掷还给她。我也亲眼看见自己的孩子躯体上青的斑痕。

我能想象这个可怜的母亲的心。

任何一个平常的母亲在这时都会化成泪的苦味之海。

八

我想不起希腊雕刻中描写的尸体，但是描写临死的苦痛的挣扎的却是有的，像公元前 5 世纪的《尼俄贝》(*Niobe*)。传说尼俄贝是底比斯王后，生育了七儿七女，满足而骄傲，她嘲笑阿波罗的母亲勒托只有一儿一女——阿波罗和她的妹妹阿尔忒弥斯。愤怒之下，勒托命阿波罗用箭把尼俄贝的儿女全部射死。尼俄贝痛哭九天九夜，神王宙斯怜悯她，化她为石像。又一座著名的描写面临死亡的痛苦的是《拉奥孔》(*Laocoön*)，这是公元前 1 世纪的群像。拉奥孔是特洛伊国的日神庙司祭，他曾劝阻特洛伊人把大木马搬进城中，特洛伊人不听，中了希腊人的诡计。希腊人的保护神对拉奥孔加以谴罚，用一条大蟒蛇把他和他的两个儿子一同缠勒致死。维吉尔《罗马史诗》中的描写，拉奥孔是穿着司祭的礼服的。这座雕像深刻强烈地刻画了赤裸的拉奥孔如何以全身承受痛苦和绝望。

《拉奥孔》

《拉奥孔》局部

看蒙娜丽莎看

雕刻＆展览

佛像和我们

佛像盲

谈佛像艺术，对不少人来说是一个相当遥远而陌生的题目。对我自己，也曾经是如此的，所以我将追述一下个人的经验，从我的幼年说起，从我尚未与佛像结缘时说起。

我出生在五四运动之后，所以是在科学与民主口号弥漫的空气中成长起来的。父亲属于把现代西方科学引入中国的第一代，他曾在不同的大学里创办了数学系。我入的小学，首先是南京东南大学附设的大石桥实验小学，后来是北京清华大学附设的成志小学。可见我在童年和佛教是毫无缘分的。母亲确曾供着一座观音白瓷像，但对于孩子的我说来，那是家里的一件摆设，并不觉得有什么特殊意义，有时随大人去参观寺院，看见有人烧香磕头，便自己解释说，那是乡下老太婆的迷信，觉得可笑又可悯。我听叔叔讲述，他如何在乡间扫除迷信，跑到庙里砸泥菩萨，我也觉得有些滑稽。泥菩萨本是泥的，膜拜固是无知，认真地砸起来，也显得多事。

中学时代，每有远足去游什么古寺，对于山中的钟声、翠丛后的飞檐有着难名的喜爱。对于大殿中的金佛，觉得那是必须有的装饰，和铜香炉、蜡烛台、木鱼、挂幡……共同构成古色古香的气氛，没有了很可惜，古诗里"南朝四百八十寺，多少楼台烟雨中"的情调就无处可寻了。至于佛像本身，则从未想到当作艺术作品去欣赏。在学校里读古文，不见有一篇文章说到佛教雕塑。读古诗，记得韩愈有：

　　僧言古壁佛画好，以火照来所见稀。(《山石》)

敦煌雕塑

似乎老僧会说壁画如何精美，却不会说塑像如何好，因为画是欣赏的对象，有
所谓好坏；而塑像是膜拜的对象，求福许愿的对象，只有灵验不灵验的问题，
并无所谓好坏吧！稍长，习书法，听长辈高论《北魏造像题记》，却从未听到他
们谈到造像本身的艺术价值。

　　当时艺术界也并非没有人谈云冈、龙门、敦煌，但是那已受西方艺术史家
的影响了。按中国传统看法，造型艺术统指书画，而不包括雕刻。只有一本书
对于历代雕刻史实记载颇为详尽。那是日人大村西崖写的《中国美术史》（陈彬
龢译）。但作者对雕刻的艺术价值说得很空洞。例如关于龙门之武后时造像，他
写道：

　　　　一变隋风，其面貌益圆满，姿态益妥帖，衣褶之雕法益流利，其风格
　　与印度相仿，有名之犍陀罗雕刻不能专美于前也。（第 111 页）

这样的解说实在不能使读者对佛像欣赏有什么帮助。文中又有：

　　　　碑像石像之制作，至高齐其隆盛达于绝顶。

奉先寺洞窟

所谓"隆盛"是指量的多呢？还是质的精呢？并未说明。接下去说：

　　　　有用太白山之玉石，蓝田之青石等者，其竞争用石之美，以齐代为盛。
（第51页）

难道"隆盛于绝顶"乃指"用石之美"？石质之精美与艺术价值之高低显然没有

必然的关系。

中学时期，对于艺术知识的主要来源，先是丰子恺的《西方绘画史》和谈艺术的散篇，稍后是朱光潜的《谈美》《文艺心理学》。后来读到罗曼·罗兰的艺术家传记（傅雷译），厨川白村的《出了象牙之塔》（鲁迅译）、板垣鹰穗的《近代美术史潮论》（鲁迅译）。这些书的性质各不相同，为追求着的青年人的心灵打开了不同的窗户，拓出不同的视野。达·芬奇、拉斐尔、米勒、梵·高这些名字给我们展示了生命瑰丽的远景。以痛苦为欢乐，雕凿巨石到 90 岁的米开朗基罗的生平更给我们以无穷的幻想。

1939 年考入西南联合大学，二年级时转入哲学系，上希腊哲学史的那一年，和一个朋友一同沉醉于苏格拉底、柏拉图、亚里士多德的哲学，一面也沉醉于希腊的神殿和神像。那许多阿波罗和维纳斯以矫健完美的体魄表现出猛毅的意志与灵敏的智慧，给我们以极大的震撼。那才是雕刻。我们以为，西山华亭寺的佛像也算雕刻吗？我们怀疑。

后来读到里尔克（Rilke，1875—1926）的《罗丹》（梁宗岱译）。这一本暗黄土纸印的小册子是我做随军翻译官，辗转在滇南蛮山丛林中的期间，朋友从昆明寄给我的。白天实弹操演，深夜大山幽谷悄然，在昏暗颤抖的烛光下读着，深邃的诗的文字引我们进入一个奇异的雕刻的世界，同时是一个灵魂的世界，那激动是难于形容的。人要感到他的存在，往往需要一种极其遥远的向往、不近情理的企望。

我们的土地多难，战火连天，连仅蔽风日的住屋也时时有化为瓦砾残垣的可能，如何能竖起雕刻？在什么角落能打凿石头？在什么时候能打凿石头？又为谁去打凿？然而我们做着雕刻的梦。

那时，我们也读到不少唯物史观的艺术论，也相信艺术必须和现实结合，但我们不相信艺术只是口号和宣传画。我们以为有一天苦难的年代过去了，这些苦难的经验都将会走入我们的雕刻里去。

抗战胜利了，从前线遣散，欢喜欲狂的心静下来，我们迫切的希望是：到西方去，到巴黎去，到有雕刻与绘画的地方去。1947年我考取公费留学。

回顾东方

到了欧洲，到了久所企慕的城市和美术馆，看见那些原作与实物，走进工作室，接触了正在创造当今艺术的艺术家，参加了他们的展览会和沙龙，对于西方有了与前不同的看法。"西方"是一个与时俱迁的文化活体。我们曾向往的文艺复兴早已代表不了西方，德拉克洛瓦的浪漫主义，库尔贝的写实主义，乃至莫奈的印象主义，梵·高、塞尚、罗丹也都成为历史。毕加索、布拉克、马蒂斯……是仍活着的大师，但是第二次世界大战之后，又有新起之秀要向前跨出去了。新的造型问题正吸引着新一代的艺术家，这是我们过去所未想到的。

而另一方面，对于"东方"，对于"中国"，也有了不同的看法。我记得50年代初，去拜访当时已有名气的雕刻家艾坚·玛尔丹（Étienne Martin，1913—1995）。他一见我，知道我是中国人，便高呼道："啊，《老子》!《老子》是我放在枕边的书。那是人类智慧的精粹!"我很吃一惊，一时无以对。后来更多次听到西方人对老子的赞美。辛亥革命以来，五四以来，年轻的中国人有几个读过《老子》? 更有几个能欣赏并肯定老子? 而在西方文化环境中，这五千言的小书发射着巨大的光芒。我于是重读《道德经》，觉得有了新的领悟。1964年在意大利都灵召开的汉学会上，我宣读了一篇《论老子》的报告，从艺术创作的角度谈"无为"。

对佛教雕刻也一样，在中国关心佛教雕刻的年轻人大概极少。我初到欧洲，看见古董商店橱窗里摆着佛像或截断的佛头，不但不想走近去看，并且很生反感，觉得那是中国恶劣奸商和西方冒险家串通盗运来的古物，为了满足西方一

唐慈善寺石佛（陕西麟游）

些富豪的好奇心和占有欲，至于这些锈铜残石的真正价值实在很可怀疑。这观念要到1949年才突然改变。这一年的1月31日我和同学随巴黎大学美学教授巴叶（Bayer）先生去访问雕刻家纪蒙（Gimond）。到了纪蒙工作室，才知道他不但是雕刻家，而且是一个大鉴赏家和热狂的收藏家。玻璃橱里、木架上陈列着大大小小的埃及、希腊、巴比伦、欧洲中世纪……的石雕头像，也有北魏、隋唐的佛头。那是我不能忘却的一次访问，因为我受到了猛烈的一记棒喝。把这些古代神像从寺庙里、石窟里窃取出来，必是一种亵渎；又把不同宗教的诸神陈列在一起，大概是又一重亵渎，但是我们把它们放入艺术的殿堂，放在马尔罗所谓"想象的美术馆"中，我们以另一种眼光去凝视、去歌颂，我们得到另一种大觉大悟，我们懂得了什么是雕刻，什么是雕刻的极峰。

在纪蒙的工作室里，我第一次用艺术的眼光接触中国佛像，第一次在那些巨制中认辨出精湛的技艺和高度的精神性。纪蒙所选藏的雕像无不是上乘的，无不庄严、凝定，又生意盎然。在那些神像的行列中，中国佛像弥散着另一种意趣的安详与智慧。我深信那些古工匠也是民间的哲人。我为自己过去的雕刻盲而羞愧。我当然知道这雕刻盲的来源。我背得出青年时代所读过的鲁迅的话：

我们目下的当务之急是：一要生存，二要温饱，三要发展。当有阻碍这前途者，无论是古是今，是人是鬼，是三坟五典，百宋千元，天球河图，金人玉佛，祖传丸散，秘制膏丹，全都踏倒他。(《华盖集·忽然想到之六》)

在这思想的影响下，我们确曾嘲笑过所谓"国粹"，为了民族生存，我们确曾决心踏倒一切金人玉佛，但是我不再这样想了。我变成保守顽固的国粹派了么？不，我以为我走前一步了，我跨过了"当务之急"，而关心较长远的事物。

后来我读到瑞典汉学家喜龙仁（Sirén，1879—1966）的《五世纪至十四世纪的中国雕刻》(1926 年出版)，我于是更明白西方人在佛像中看见了什么？那是我们所未见的或不愿见的。他在这本书里写道：

那些佛像有时表现坚定自信；有时表现安详幸福；有时流露愉悦；有时在眸间唇角带着微笑；有时好像浸在不可测度的沉思中，无论外部的表情如何，人们都可以看出静穆与内在的谐和。(第 13 页)

而最有意味且值得我们注意的是他把米开朗基罗的雕刻和中国佛像作比较的一段。他写道：

拿米开朗基罗的作品和某些中国佛像、罗汉像作比较，例如试把龙门大佛放在摩西的旁边，一边是变化复杂的坐姿、突起的肌肉，强调动态和奋力的戏剧性的衣褶；一边是全然的休憩、纯粹的正向，两腿交叉，两臂贴身下垂。这是"自我观照"的姿态，没有任何离心力的运动。衣纹恬静的节奏和划过宽阔的前胸的长长的弧线，更增强了整体平静的和谐。请注意，外衣虽然蔽及全身，但体魄的伟岸、四肢的形象，仍然能够充分表现出来。严格地说，衣服本身并无意义，其作用乃在透露内在的心态和人物的身份。发顶有髻；两耳按传统格式有长垂；面形方阔，散射着慈祥而平和的光辉。几乎没有个性，也不显示任何用力、任何欲求，这面容所流露的某一种情绪融注于整体的大和谐中。任何人看到这雕像，即使不知道它代表什么，也会懂得它具有宗教内容。主题的内在涵蕴显示在艺术家的作品中。它代表先知？还是神？这并不关紧要。这是一件完美的艺术品，一种精神性的追求在鼓动着，并且感染给观者。这样的作品使我们意识到文艺复兴的雕刻虽然把个性的刻画推得那么远，其实那只不过是生命渊泽之上一些浮面的沦漪。（第78页）

显然，在喜氏这样一个西方鉴赏家的眼睛里，佛雕是比米开朗基罗的《摩西》更高一层次的作品。这是怪异的吧，却又是可理解的现象。他所轻视的躯体的威猛正是我们所歌赞的；而他所倾倒的内在的恬静恰是我们所鄙弃的。他看佛像一如我们看《摩西》，我们同样渴求另一个文化的特点来补足自己的缺陷。在这里，并没有谁对谁错的问题。我们这一代中国人倾慕米开朗基罗和罗丹，由于我们的时代处境需要一种在生存竞争中鼓舞战斗精神的阳刚的艺术。我们要像摩西那样充满活力，扭动身躯站起来，要像《行走的人》那样大阔步迈向前去，我们再不能忍受跌坐低眉的典雅与微笑。喜氏相反，从中世纪耶稣被钉在十字架上的惨烈的形象起，甚至更早，从希腊神殿上雕着的战斗的场面起，西方人已描绘了太多的世间的血污与泪水、恐惧与残暴，一旦看到佛的恬静庄严、圆融自在，仿佛在沙漠上遇到绿洲，饮到了甘泉。

我在这两种似乎对立的美学影响下开始学雕刻，那是 1949 年的下半年。

雕刻的本质

我决定进入纪蒙雕塑教室。我完全折服于他对古今雕刻评鉴的眼力，我想，

纪蒙《斜卧的女子》

在这样锐利、严格、高明的眼光下受锻炼是幸运的。

纪蒙指导学生观察模特儿的方法和一般学院派很不一样，从出发点便有了分歧了。他从不要学生摹仿肌肉、骨骼，他绝不谈解剖。他教学生把模特儿看作一个造型结构，一个有节奏，有均衡，组织精密，受光与影，占三度空间的造型体。这是纯粹雕刻家的要求。按这原则做去，做写实的风格也好，做理想主义的风格也好，做非洲黑人面具也好，做阿波罗也好，做佛陀也好，都可以完成坚实卓立的作品。所以他的教授法极其严格，计较于毫厘，却又有很大的包容性。他对罗丹极为推崇，而他的风格和罗丹的迥然不同。罗丹作品的表面上留着泥团指痕；他的则打磨得光洁平滑。他说看罗丹的作品，不要错认为那是即兴的捏塑，我们必须看到面与面的结构和深层的间架，这是雕刻的本质。雕刻之所以成为雕刻，在佛像中，他也同样以这标准来品评。有的佛像只是因袭陈规盲然制作，对于空间、对于实体、对于光影、对于质地毫无感觉，在他看来根本算不得雕刻。

当然，罗丹的雨果、巴尔扎克和佛像反映两个大不相同的精神世界。罗丹的人像记录了尘世生活的历史，历历苦辛的痕迹；佛像相反，表现涤荡人间种种烦恼后，彻悟的澄然寂然，但是从凿打捏塑的创造的角度看，它们属于同一品类，凭借同一种表达语言，同样达到表现的极致。

我逐渐明白，我虽然不学塑佛像，但是佛像为我启示了雕刻的最高境界，同时启示了制作技艺的基本法则。我走着不同道路，但是最后必须把形体锤炼到佛像所具有的精粹、高明、凝聚、坚实。

在创作上要达到那境地，当然极不容易；而在欣赏上，要学会品鉴一尊佛像，也非容易的。

应排除的三种成见

要欣赏佛像，有好几种困难。这些困难来自一些很普遍的成见，如果不能排除，则仍属于雕刻盲。

第一步要排除宗教成见，无论是宗教信徒的成见，或者敌视宗教者的成见。对于一个笃信的佛教徒而言，他千里朝香，迈进佛堂，在香烟缭绕中感激匍匐，我们很难想象他可以从虔诚礼拜的情绪中抽身出来，欣赏佛像的艺术价值。他很难把供奉的对象转化为评鉴的对象。对于一个反宗教者说，宗教是迷惑人民的"鸦片"，佛像相当于烟枪筒上银质的雕花，并不值得一顾的。同样地，一个反宗教者当然也很难把蔑视甚至敌视的对象转化为欣赏的对象。所以要欣赏佛像我们必须忘掉与宗教牵连的许多偏见与联想，也就是我们前面说过的，要把佛像从宗教的庙堂里窃取出来，放入艺术的庙堂里去。

第二步是要排除写实主义的艺术成见。一二百年前西方油绘刚传到中国，中国人看不惯光影的效果，看见肖像画的人物半个脸黑，半个脸白，觉得怪诞，

二佛并坐像　北魏炳灵寺石窟　第125窟

认为丑陋。后来矫枉过正，又把传统中国肖像看为平扁，指斥为不合科学，并且基于粗浅的进化论，认为凡非写实的制作都是未成熟的低阶段的产物。到了西方现代艺术思潮传来，狭隘的写实主义观念才又被打破，中国古代绘画所创造的意境重新被肯定。京剧也同样，一度被视为封建落后的艺术形式，西方现代戏剧出现，作为象征艺术的京剧价值重新被认识。佛像的遭遇还不如京剧！因为我们有一个欣赏京剧的传统，却并没有一个欣赏佛像的传统。我们竟然没有一套词汇来描述、来评价雕塑。关于讨论绘画的艺术价值，我们有大量的画论、画品、画谱，议论"气韵""意境""风神""氤氲"……对于雕刻，评者似乎只有"栩栩如生""活泼生动""呼之欲出""有血有肉"一类的描写，显然这是以像不像真人的写实观点去衡量佛像，与佛像的真精神、真价值全不相干，我们必须承认北魏的雕像带石质感，有一定的稚拙意味，如果用"栩栩如生"

来描写，那么对罗丹的作品该如何描述呢？如果用"有血有肉"来描写，那么对 17 世纪意大利雕刻家贝尼尼的人体又该如何描述呢？

第三步，我们虽然在前面排斥宗教成见，却不能忘记这究竟是一尊佛。"佛"是它的内容，这是最广义的神的观念的具体化，所以我们还得回到宗教和形而上学去。如果我们不能了解"佛"的观念在人类心理上的意义，不能领会超越生死烦恼的一种终极的追求，那么我们仍然无法欣赏佛像。如果"生动"是指肌肤的摹仿、情感的表露，那么，佛像不但不求生动，而且正是要远离这些。佛像要在人的形象中扫除其人间性，而表现不生不灭、圆满自足的佛性。这是主体的自我肯定，自我肯定的纯粹形式。无论外界如何变幻无常，此主体坚定如真金，"道通百劫而弥固"。要在佛像里寻找肉的颤栗、情的激动，那就像要在 18 世纪法国宫廷画家布歇（Boucher，1703—1770）的肉色鲜丽的浴女画里读出佛法或者基督教义来，真所谓缘木求鱼。

造型秩序

佛像的内容既然是佛性，要表现这个内容定然不是写实手法所能承担的。找一个真实的人物来做模特儿，忠实地摹仿，至多可以塑出一个罗汉。佛性含摄人间性之上的大秩序，只有通过一个大的造型秩序才能体现，所以要欣赏佛像必须懂得什么是造型秩序。

寻找规律与秩序，是人类生存的基本活动。从婴儿到成人，我们一点一点认识客观世界的规律以及主观世界的规律，学会服从规律，进而掌握规律，进而创定新秩序。因为所提的问题不同，回答的方式不同，于是有科学、艺术、哲学、宗教的分野。凡佛经所讲的五蕴、三界、四谛、十二因缘、八识、圆融三谛，等等种种，都不外是对内外宇宙所说的有秩序的构成，对此构成有贯通无碍的了识便成悟道。

卢舍那佛坐像　初唐龙门奉先寺洞

佛像艺术乃是用一个具体形象托出此井然明朗的精神世界，以一个微妙的造型世界之美印证一个正觉哲思世界之真；在我们以视觉观赏此造型秩序的时候，我们的知性也似乎昭然认知到此哲思秩序的广大周遍；我们的视能与知性同时得到满足。一如灵山法会上的拈花一笑，造型秩序的一瞥，足以涤除一切语言思辨，直探形而上的究竟奥义。

这里的造型是抽象的造型，非写实的。

佛的形象虽然从人的形象转化而来，但人的面貌经过锤铸、升华、观念化，变成知性的秩序，眉额已不似眉额，鼻准已不似鼻准……眉额趋向抛物线的轨迹，鼻准趋近立方体的整净……每一个面的回转都有饱满的表面张力，每一条线的游走顿挫都含几何比例的节奏……其整体形成一座巍然完美和谐的营造，打动我们的心灵。

抽象造型能有如此巨大的效能吗？有人会怀疑，那么走到佛坛之前，先驻足在大雄宝殿的适当距离下吧，仰视一番大殿的气象。建筑物并不摹仿任何自然物，它只是一个几何结构的立体，然而它的线与面在三度空间中幻化出庄严与肃穆；它是抽象的，然而这些线与面组构成一个符号，蕴涵一种意义，包含一个天地，给我们以惊喜、以震慑、以慰抚，引我们俯仰徘徊。懂得了这一点，然后可以步入殿内，领略含咀佛像所传达的消息。

石与青铜

"佛"的形象从"人"的形象转化而来，通过岩石与青铜为媒体，佛性弥漫于其中，于其外，而终附着于石，附着于青铜。造型秩序有待于物质材料。雕刻家珍爱他所善用的材料而给作品以雕刻感，也即岩石的感觉、青铜的感觉，也即坚固不坏的感觉。真的雕刻家使金石在造型秩序的加工后变得更坚硬、更沉着、更凝定、更不可摧毁。原始的存在意志有了必然律的制约，物质获得一个使命，作为佛像的金石在时间中暗示永恒，在空间中暗示真在。

佛禅定于物质中。岩石与青铜一旦变成哲学，粗糙的石面、光泽的铜色都变得更坚，同时变得更灵。大匠并不试着仿造肉的假相，相反，他把朝露的生命固定于钻石。他在金与石中唤醒生命，那是金与石自身的微笑。

密宗称雕刻绘画的佛菩萨为"大曼荼罗"，佛像显现大智慧，"譬如明镜，光映万物"。而佛自身不迁不动，"寂而恒照，照而恒寂"，永固不坏，如金刚，故称"金刚界曼荼罗"。同时又有一种内在的微妙的生命隐隐脉动，有出水芙蓉的脆弱与灵气，如母胎之藏婴儿，故又称"胎藏界曼荼罗"。最高的大曼荼罗当同时兼备金刚的硬度和胎儿的柔软。"佛"比"人"更坚硬，也更虚灵；更属于物质，也更接近精神，在巨匠的凿刀下、煅火中，"永恒"与"生命"两个不可沟通的观念遂相交融，而同时照耀。

懂得造型秩序，懂得岩石与青铜的语言，然后可以读雕刻的书，也只如此才能同时欣赏佛像和十字架上的耶稣，以及无论是史前的、埃及的、希腊的、巴比伦的、印度的、澳洲的、非洲的、中美的……一切人类的凿打与铸造。

回归的发现

中国两千年来，因文人艺术观的影响，雕塑被视为劳力的工匠技艺，被排斥于欣赏对象之外。西方艺术史家为我们提醒了佛教雕刻的价值之后，我们又把它归入封建意识的产物，仍然未能深入地去研究、去发掘、去欣赏。

今天"比较文化"被提到日程上来。过去把文化问题一概放到历史进程的框架中去观察解说，认为中国文化是封建的、中古的、该被淘汰的。经过长期片面的自我否定后，发现问题并不那么单纯，终于开始容纳不同的理论，逐渐能够从不同的角度观察中西，并认识到中国文化有其不可替代的特色，把过去带着强烈偏见加以抹杀的传统重新作估价。

西方人如喜龙仁等，在本世纪初看到佛像的时候，仿佛看到一片新天地，跳跃欢喜。我们今天带着新的眼光回头来看佛像，应会有比喜氏更复杂的心情。那是对自己古传统新的正视、新的认同、新的反思，而有久别回归的激动吧？

1987年秋我在香港，结识陈哲敬先生。他是雕刻家，移居美国后成为著名的收藏家。我看到他所收藏的佛像的照片，知道他的确有锐利的眼力和好古的热忱。他说计划出一本收藏品的集子，邀我撰文。这建议把我猛烈引回40年前我初学雕刻的年代去，有太多的话涌现起来。我立刻答应道："好的，我一定写。"我实在花了很大的气力，但写得很不称意。我想这怪我自己的思想有着矛盾：一方面我很乐观，觉得我们今天进入一个新的阶段，博物馆、美术馆在各个城市建立起来，佛像艺术可以被欣赏了，可以得到正当的评价了；另一方面又很悲观，觉得了解古代艺术并不容易，了解佛教艺术更难。

陈哲敬先生精心编印这一本《中国古佛雕》，是一种呼吁。他在抢救古雕刻的精华，像有一些人在抢救森林，抢救河湖、海洋，抢救将绝种的鸟兽……我衷心钦佩他们，因为我们确带着惊惧的心看见森林的燃烧、河水湖水的污染……我们带着更惶恐的心看见礼貌和公德的消亡、人际关系的异化、精神价值的失落……自然环境和文化环境同样受到严重威胁。我写这篇文字，似乎也在抢救什么。究竟抢救什么？能抢救什么？又很茫惑。写完了，觉得心情十分沉重，仿佛做了一件荒谬的事。说服人们爱惜绿树流泉已不易，向人们说金佛的价值更不易。百年前尼采喊出"神的死亡"，今天有人喊出"人的死亡"，如果我们要抢救佛像，最终还是要抢救正在死亡的人。

1988 年 11 月

看蒙娜丽莎看

从米开朗基罗到罗丹

　　一般西洋美术史论到雕刻的时候，往往把罗丹作为米开朗基罗的继承者，把 300 年间的雕刻家都忽略过去，忘却掉。其实在这期间，欧洲的雕刻艺术相当繁荣。十六七世纪，在意大利文艺复兴的影响下，欧洲各国的宫廷和教堂都有雕刻家留下大量代表时代精神和民族特色的作品。更近，在法国大革命时代，法国乌东（Houdon，1741—1828）塑造了伏尔泰、狄德罗、卢梭、米拉波的像，还有华盛顿、富兰克林的像。罗丹在《对话录》里盛赞这些肖像是写出了时代、种族、职业和个性的生动的传记。罗丹还赞美过吕德（Rude，1784—1855）在凯旋门上雕的《马赛曲》群像，卡尔波（Carpeaux，1827—1875）在巴黎歌剧院门旁的《环舞》群像。卡尔波是罗丹的老师，著名的动物雕刻家巴里（Barye，1796—1875）也曾指导过他。罗丹是这个传统所培养出来的，为什么他的出现，大有"一洗万古凡马空"的气势呢？我想有一点，值得特别提出来作一些说明。

　　雕刻的发生源自一种人类的崇拜心理，无论是对神秘力的崇拜，对神的崇拜，或者对英雄的崇拜。把神像放在神龛里，把英雄像放在广场的高伟基座上，都表示这一种瞻仰或膜拜的情操。雕刻家把神与英雄的形象具体化。他的创作是社会交给他的任务。所以雕刻家在工作中，虽然有相当的自由，可以发挥个人才华，但是无论在内容上、在形式上，还要首先服从一个社会群体意识长期约定俗成的要求。有时，我们在庙宇装饰、纪念碑细部也看到日常生活的描写，有趣而抒情，然而那是附带的配曲。

　　罗丹的出现，把雕刻作了根本性的变革，把雕刻受到的外在约束打破。他不从传统的规格、观众的期待去考虑构思，他以雕刻家个人的认识和深切感受作为创造的出发点。雕刻首先是一座艺术品，有其丰富的内容，有它的自足性，

罗丹《加莱市民》

然后取得它的社会意义。所以他的作品呈现的时候，一般观众，乃至保守的雕刻家，都不免惊骇，继之以愤怒、嘲讽，而终于接受、欣赏。他一生的作品，从最早期的《塌鼻的人》《青铜时代》，一直到他最晚年的《克列蒙梭》《教皇本笃十五世》都受到这样的遭遇，只不过引起的波澜大小不同而已。

再举一个例子，如《加莱市民》。加莱是法国北海岸的一个城市，1347 年英王爱德华三世围城，下令城中选出 6 名士绅领袖，露顶赤足，穿上麻衫，颈系绳索，持城门钥匙，出城投降就刑，否则将屠城报复。士绅中有 6 人自愿牺牲自己以救城中百姓。据记载，怀孕的英后在场，恳求英王放赦了 6 人。罗丹要描写的是这短短的行列走向殉难的情景。6 人中，或迈出毅然从容就义的步履，或痛苦踌躇不前，有人回盼，有人苦思。这和英雄纪念碑的体例是大相径庭的。罗丹要在这历史事件中，刻画到个人的内心斗争。他甚至主张取消基座，让悲剧中的人物就走在观众的近侧，使观众能感受到他们的手的颤动，听到他们心脏的悸跳。开初，加莱市的审查组看到初稿，提出批评，说这些人物损坏了他们心目中的爱国英雄的形象。但是最后，他们知道错了，他们期待一座公式化的英雄偶像，罗丹给他们的是更真实的史诗。

罗丹曾经多次参加纪念像的设计竞赛，而往往落选。这也难怪当时评选者的眼光窄狭，因为罗丹的作品是心理的、内向的、个人的，和一般纪念碑的雕刻风格相抵触。他的《雨果》，与其说表现对雨果的崇敬，不如说对雨果这个人物的解剖、分析，在这一个灵魂中冒险探索的所得，他的《巴尔扎克》也一样。最后的定稿，雨果是裸体的；巴尔扎克披着及地的睡袍，在学院派看来，可以说"荒诞""失体"，但是罗丹说："在我们公共广场上的雕刻，所能辨识的只是些衣服、桌子、椅子、机器、轻气球、电视机，没有一点内在真理，也就是没有一点艺术。"

罗丹最关心的问题是，如何以雕刻的语言说出他认为的真理，这真理是写在人的血肉躯体上的生命历史。

罗丹所要表现的也并不是单纯的"人体美"。

他说过，一般人认为丑的面貌，往往因为更具有个性，更包含丰富的内在真实，而成为艺术更喜爱的题材。又说，在艺术中，有个性的作品才是美的。当然，年轻的、轻盈活泼的肢体会激发他塑造的欲望。只要翻一翻他的素描，就可以看出他带着怎样激动的心，以灵动飞舞的线条去捕捉美妙的形体。他并且说过，女人的一生，青春含花的季节十分短暂，只是几个月的事。但是他也塑造了中年的女人，粗实而沉重的身体；他也塑过老年的女人，两乳平瘪地垂着，腹部积着皮的皱褶。他为巴尔扎克像制作了许多泥稿，都是赤裸的，身体的肌肉强壮结实，用他的话说，"像一头公牛"，鼓着圆肥的肚子，显出暴躁而带世俗气的性格,那是每天深夜披衣起来,啜着浓烈的咖啡,写《人间喜剧》的作者。为了雨果纪念像,他也做了许多裸体的泥稿。那是80岁老人的躯体,皮下沉积了厚的脂肪,松弛的肌肉在关节处形成纽结。只有如此庞然浑重的体魄才能负载得起一个巨大的创造者的灵魂吧。

欣赏罗丹毕生的作品,我们也就鸟瞰了人的生命的全景。从婴孩到青春,从成熟到衰老,人间的悲欢离合、生老病死、爱和欲、哭和笑、奋起和疲惫、信念的苏醒、绝望的呼诉……都写在肉体上。

罗丹的人体不但留下岁月与苦难的痕迹,而且往往是残缺的。在他之前,哪一个雕刻家曾展出过孤零零的一只手?而他雕塑的一只手,如一株茂盛的树,已经圆足,充满表现力,成为《神的手》。两只手合拢来,十指如柱,指尖相接,成为《大教堂》。《行走的人》只有断躯和迈开的两腿,连手臂也删去,面部的表现也成多余。走向前路,是带着振奋?是带着忧虑?是乐观?是惶恐?都有吧。那是人的步伐,是全人类的步伐,是全宇宙的步伐。"天行健!"一个中国人心里会跳出这古老的《易经》里的句子。不纪念任何特定的人物的巨像,而它走在宽阔浩瀚的地平线上,带着无比的动量,带着历历的斑驳,并无所欠缺的残缺,在我们记忆底层烙下棒喝

罗丹《行走的人》

的印记。

在罗丹之前，雕刻家都严谨地、慎重地把完整的雕像安置在神龛里、基座上，留给后世。有一个例外，那是米开朗基罗。

……因为这一个文艺复兴的巨匠，工作到 89 岁，日以继夜制作的，是心灵的雕刻，也是肉体的史诗，在早期，他的确也为神龛和基座设计了神与英雄。这时期，他的两件杰作刻出了一人一神：大卫和摩西。大卫是《旧约》里的人物，年轻时是一个牧羊人，赖他的英勇把非利士军中的巨人哥利亚用石子击杀，为以色列人除了外患。在他和哥利亚决战之前，扫罗王赐给他盔甲，但他穿不惯，脱去了，所以这里的大卫像是全裸的。他立得很直，骄傲又泰然。身体的重量放在右脚上，头转向左侧，通体弥漫着少年的精力和无畏。这石像高高屹立在佛罗伦萨城中的基座上，象征文艺复兴时代都市公民美德，也就是勇武（Fortezza）和爱国主义激起的义愤（Ira）。在西方艺术史上，这该是最能代表"英雄"这个观念的雕像了。摩西是率领以色列人走出埃及的民族英雄。他并非神，但是耶和华不断指引他，在他之后，再没有谁与神直接对话过。他接受神谕，把戒律碣给他的子民，为这个流亡途中的民族制定了道德律、法典、礼仪，生息的节奏，文化的间架。他的像有如一座坐着的风景。卷发如跃动的焰苗，而长须在胸，卷腾如急湍。两眼若炬，显出惩奖分明的至上权威。他镇坐在神龛中，巨伟而威猛，是呵护并鞭策一个民族站起来的神灵。米开朗基罗在他的额头上加了一双短角，以别于人间的英雄。这两座雕像充满激情，而又是完美的。后世的浪漫主义者醉心于这里的热情奔放，而古典主义者拜服于造型的精粹。

到了米开朗基罗晚年，这两种倾向的平衡不再能维持，宗教热忱终决破了古典形式，如罗曼·罗兰所说："他之所以继续雕塑，已不是为了艺术上的信心，而是为了基督的信仰。"为了达到尽情表现的目的，作品的完整与否、完工与否已不是他所考虑的。就在 40 岁左右，他雕的 5 座"奴隶"都未完成。似乎他有意不去完成，使这些半埋在大理石中的男躯成为心灵在物质中挣扎的象征。

80 岁以后，他的两座《圣母哀子》像都不曾完成。有的部分已经加了精细的打磨，而有的部分还在毛坯状态。我们很难说这粗糙模糊的石面是有意保留的呢？是无意留下的？在对比之下，粗糙与模糊产生一种"不可说"的悲剧效果。圣母的面庞只作了初步的刻画，似乎凿刀到了这里，忽然畏怯、谦卑、迟钝、咽哑。圣母的悲戚埋在石的深处，在我们所不可即的那边。这两件作品不但没有完成，而且已经残损。一座，耶稣缺着左腿，据说是作者在不满意的愤恨中击坏的；另一座，耶稣的右臂在肩部被打断，和躯体脱离开来。这孤立的臂已经琢磨光滑，本已完成，现在像一段被雷击的树桩怪异地兀立着。据说作者准备作大幅度的修改，以致造成基本布局的解体。这是米开朗基罗最后的两件作品，他一直工作到死前一周，如今仍以残损而且未完成的状态留下来。

米开朗基罗已经忘却雕像的社会功能、外在形式，忘却要放置在什么地方；他浸沉在人子的受难与圣母的哀痛中。他的创作已与此受难和哀痛合一，他的铁锤在虔诚中操作，不敢打得太深，惟恐惊动受难者与母亲的沉睡。雕刻本身暴露着被损害的痕迹，一如被钉过、被鞭过的肉躯，而磨光的部分颤栗着悲悯抚慰的清光。

米开朗基罗也在用人体写心灵。他说："皮肤比衣着更高贵；赤裸的脚比鞋更真实。"

当神从神龛上走下来，英雄从基座上走下来，我们于是看到他们额头上的阴郁、颊边的泪痕、胸前的伤口、脚底的肿泡。我们会像一个母亲抱住他们，抚摸受难的肉躯，而这肉躯即是他们痛苦的灵魂。

米开朗基罗是一个雕刻家，更是一个打凿石头的圣徒；罗丹是一个雕刻家，更是一个雕刻的哲人。他们在大理石里凿出哲学，以青铜锻炼诗句。

从传统雕刻的观点看，从职业雕刻家的眼光看，罗丹把雕刻引入了歧途，引入了绝境。他说"忠于自然"，而在他的手中，人体已经开始扭曲、破裂，他说："尊重传统"，然而他已经把雕刻从纪念碑功能中游离出来。他所做的不是凯旋门，而是《地狱之门》。这是一大转变。凯旋门歌颂历史人物的丰功伟绩，而《地狱之门》上没有英雄。《地狱之门》其实也可以称作《人间之门》，而罗

罗丹《地狱之门》

丹所描述的人间固然有鲜美和酣醉，但也弥漫阴影和苦难，烦忧和悲痛，奋起和陨落。罗丹用雕刻自由抒情，捕捉他想象世界中的诸影、诸相。雕刻是他恣意歌唱的语言。在罗丹手中，塑泥变成听话的工具，从此，在他之后的雕刻家可以更大胆地改造人体，更自由地探索尝试，更痛快地设计想象世界中诡奇的形象。现代雕刻从此可能。

艺术史家写现代雕刻史必把他作为第一章。但是大声疾呼"烧掉卢浮宫"的激进派前卫者大概会主张把罗丹的作品归为传统，一并烧掉的。他是一个起点呢，还是一个终点呢？这是一个使艺术史家棘手的问题，但是对于普通的艺术爱好者可能并无关紧要。说他的雕刻是最雕刻的雕刻是可以的，因为雕刻本身取得意义；说他的雕刻破坏雕刻的定义，已经不是雕刻，也是可以的，因为雕刻不仅具有坚实的三度实体的造型美，而且侵入诗，侵入哲学。说在他的作品里，我们看见雕刻的源起是可以的，说在他的作品里，我们看到雕刻的消亡也是可以的。因为他的雕刻在生命的波澜中浮现凝定；生命啄破雕刻的外壳又一次诞生。

无疑，罗丹是一个拥有精湛技艺的艺术家，他说过："没有灵敏的手，最强烈的感情也是瘫痪的。"同时他又是一个大智慧的人，并不认为有了一双灵敏的手就算艺术家。他说："真的艺术家是蔑视艺术的。"又说："在做艺术家之前，先要做一个人。"每天有那么多年轻人、中年人、老年人从世界的各个角落来到巴黎罗丹美术馆，在他的雕像之间徘徊，沉思，因为那些青铜和大理石不只是雕刻，那是，用他自己的话说，"开向生命的窗子"。

1992 年 11 月

看蒙娜丽莎看

一个头像的分量

《关于罗丹——日记择抄》出版后，7 年过去了。7 年来，和罗丹有关系的一件事而值得特别提出来的是：作为罗丹的学生、助手、模特儿和情人的迦蜜儿·克劳岱尔引起了前所未有的重视。发表在报章杂志上的许多文章除外，法文出版的专书，我所知道的有：

一、《被囚禁的》——利微耶尔（Anne Rivière）著，1983 年。

二、《一个女人》——代尔贝（Anne Delbée）著，1984 年。

三、《迦蜜儿·克劳岱尔》——巴里（René-Marie Paris）著，1984 年。

四、《迦蜜儿·克劳岱尔资料》——卡萨尔（Jacques Cassar）著，1987 年。

五、《迦蜜儿·克劳岱尔的白昼和黑夜》——法布尔·贝勒安（Fabre-Pellerin）著，1988 年。

在这书目中，以《一个女人》影响最大，是一本畅销书，曾获得 1983 年妇女杂志《她》的读者奖。

1984 年罗丹美术馆举办了迦蜜儿·克劳岱尔纪念展，展出雕刻、素描和版画。在目录册的前言里说，这个展览是为了给予迦蜜儿·克劳岱尔在艺术史上应有的地位，使她的成就不至于在罗丹的巨影下被淹没。

至于使迦蜜儿·克劳岱尔成为家喻户晓的人物，无疑是影片《迦蜜儿·克劳岱尔》，1988 年制，主

19 岁的克劳岱尔

演者是法国影星伊丽莎白·阿佳妮。她在 1989 年被评为十年来法国影坛最佳女星，这影片轰动一时，曾获得凯撒奖，从雕刻的角度看，未必尽满人意，但是电影毕竟是描写人生的悲喜剧的，那一个女艺术家的生平足以让一般观众一洒同情的热泪。

诚然，这是一个艺术家的悲剧，也是一个女人的悲剧。

迦蜜儿在罗丹的生活里究竟演过怎样的角色？她在怎样的程度上影响过罗丹的艺术和生活？在她短短的艺术生涯中，她自己的成就究竟如何？罗丹的作品中，有哪些是以她为模特儿？有哪些她曾参与过制作？她的悲剧是怎样造成的？……这些都是艺术史家极有兴趣而想得到解答的问题。在这篇短文里，我们不预备讨论这些专家的题目。我们要谈的是两个艺术家相遇、相爱的故事中一个关键环节。他们都是雕刻家，互相塑了头像，以雕刻为媒体刻画出对方在自己心里的投影，作为欣赏者，我们如何看这些头像？这些头像透露了生命的什么消息？

迦蜜儿·克劳岱尔于 1864 年出生在法国北部邻近比利时边境的艾诺省。父亲是做税收登记的政府公务员。她有一妹一弟，弟弟就是后来的大诗人保罗·克劳岱尔（Paul Claudel），在他的外交官生涯中到过中国、日本，诗风具有浓烈的宗教神秘感，从这里也可以旁测出迦蜜儿的某些气质来。她生性热烈，在质野中有细腻，在羞怯中有孤傲。她在十二三岁时便开始捏塑陶土，现在我们可以看到的最早的作品，是她 17 岁时所塑的弟弟保罗胸像，已经显露出敏锐的观察力、高度的雕刻技术，在古典风格中注入一定的浪漫精神。不到 20 岁，她像一匹不驯的小兽，反叛家庭，冲出小市民阶级的传统约束，中魔似地投入艺术创造的天地。1885 年从北省来到巴黎，进入罗丹工作室学习，不久成为他有力的助手，继而成为他的模特儿和情人。无疑，最好的模特儿应该是心中的情人，他们相差 24 岁。她为他带来一个活泼新鲜的少女形象，这形象蕴含了骄

罗丹《吻》　　　　　　　　　迦蜜儿·克劳岱尔 *Vertumnus and Pomona*

傲的青春、飞扬的才华。"我的灵魂的青春又苏醒过来。"（这句话是罗丹在《法兰西大教堂》里写的，描写教堂里的两根石柱，这里可以借来一用。）她从他那里得到的启蒙课，是艺术的、雕刻的，也是爱情的、肉体的、全部生命的。在不同的各个层次，他们的生命发生共鸣，在艺术上，创造的灵感互相激发、牵动。

　　他为她塑了许多像，名作：《黎明》《沉思》《法兰西》《病愈》《告别》……其实可以总起来称作《黎明》。少女遇到雕刻家的手的抚摩，狂恋者的热吻，在青铜与大理石的化身中重现，像大地在晨曦中醒来，她警觉自己鲜润的存在，肢胴震战，情欲燃烧，恍然意识到生命的理想和追求，预感到未来在艺术天地中的自由飞翔，这些精美的头像是歌颂年轻生命的抒情诗篇。

　　罗丹以听觉一样灵敏的指法去接触塑泥，去打磨白石，去再现少女肌肤的光泽。他用惊喜、颤动的双手把朝露的生命带着醉意捧出来给我们看。

　　她，迦蜜儿，也为罗丹塑了一座头像，作于 1888 年。她在罗丹近旁已经 5 年。她的敏锐的观察力，加上爱情的渗透力，好像 X 射线一样摄取到别人所见不到的罗丹的深层轮廓，我们几乎不好说那一种观察是情人的，因为决不是"情人眼底出西施"的那一种眼光。这里没有爱抚、温情、赞美。她在把自己的生命即将押注的时刻，要测度对方的爱的真诚。他们的恋爱故事并非平静顺利的。她有着对待敌人一样的警戒，像精神分析医生一样解剖他的灵魂，在闯进她的生命来的这个男子作细致严厉的讯问。她要从颧骨的起伏、鼻准的峰势、每一条皱纹的河床……索引出他的灵魂的究竟。如果要以文字作品来比方，那是陀斯妥也夫斯基式的雕刻，若要用一个形容词来描写这雕像的艺术效果，我们可以说是："冷酷的"。

　　有人说迦蜜儿所塑的罗丹，只是学会了罗丹的技巧所塑造的相当成功的罗丹肖像吧。那是肤浅的评语。这里不仅是两种艺术风格的差异，而且在创造的出发点上，有两个存在心理的不同。罗丹所塑的迦蜜儿像也不只是绮丽和妩媚。这些头像有一共同的眼神，她们痴痴地看入远方，凝眸中有惴惴不安的疑虑。试看《沉思》的神情，她像凝视一个深渊，流露难名的悲感，仿佛虽然浸在晴好的早阳里，天际却隐然有阴云的种子和闪电。这些动人的希腊小诗里暗藏着可怕的神的谶语。这深沉的目光是属于模特儿本人的，雕刻家忠实地，也许不自觉地带入雕刻。就是这一双凄郁的眼睛，当它们抬起来，专注观测而工作起来的时候，它们就像鹰隼的利爪，狠狠攫住对象，把对象撕开来，让我们看血淋淋的内脏、灵魂的阴影。

　　罗丹还塑了许许多多小型裸体双像。我们不好确实地说那些娇巧的女体是迦蜜儿，但是那些绾织纽结的男体和女体隐射他们的爱情故事，和他们的爱情故事的牵连，其间闪烁着迦蜜儿的影子，因为这些组像是特别在 1885 年之后

罗丹《永恒的源泉》

涌现。

迦蜜儿只为罗丹塑过一座肖像。她用尽全部力量，似乎把一生的精力都集中在这一件作品上，为了这一件作品，这一个模特儿，这一个不可测的情人，烧毁了自己。

她的性格像烈火，她的爱是绝对的、全整的，不容有调和的余地。她要求罗丹完全属于她，但是罗丹犹豫了，踌躇着，他不忍心放弃早年和他共历甘苦的露丝，他和露丝结婚是在 1917 年他们逝世前几个月的事。经过十三四年的风风雨雨，1898 年两人终于分手。在罗丹的一边是从 45 岁到 58 岁，在迦蜜儿的一边是从 21 岁到 34 岁。是生命的丰收与生命的苗长的时期，然而悲剧的结局也早写定了，她的眼瞳只能是忧郁的。

这分离对她的打击是全面的，是爱情的，是工作的，是事业的——全生命的总崩溃。她的艺术植根于生活，生活植根于爱，当爱被拒绝的时候，整个存在从基石上被震荡了。次年她迁入巴黎塞纳河中央圣路易岛的一所古屋，孤独地生活，埋头工作。虽然也有朋友赏识她，支持她，但她的内心的创伤已经太深。在那个时代，一个女性雕刻家所遇到的困难必是更多更大的。一些订件的计划都未能实现，她的工作渐渐落空，工作却又是她唯一活下去的理由。萧然四壁之间只有一只只翻转过来的木箱，箱上放置着她的作品，石膏的、铜的、石的和用湿布围着的泥稿。她的劳作已成为艰辛的苦行，与冷湿的陶泥搏斗成为神谴的刑罚。她觉得人们在迫害她，罗丹也在迫害她，她是一只被围困的兽。

罗丹《永恒的偶像》

天赋的美质，无论是美貌、智慧、才华，如果不能受孕发育，就要结成坚硬的病块，变成癌肿、溃疡。她的心已经碎裂，神经系统逐渐解体，只留下噩梦与诅咒。她画了一些魔咒一样的钢笔画，画的是一个长着大胡子的男人和一个扁鼻子的丑女性交，像野狗一样交尾。不用说那男人是谁，只消一看就知道的。1984 年的展览中曾陈列出来，并且刊在目录册上。

在同名电影里有迦蜜儿发狂捣毁雕像的一幕。这是忠于传记的，事情发生在 1906 年间，她不过 40 刚出头。酗酒使她早衰，而捣毁作品，实际上就是把作为艺术家的那个"自我"自杀掉。生命已经走到死路上，必然要发生大断裂。这狂暴的摧毁比自杀更恐怖、更惊心、更悲惨。"既然这个世界不能珍惜我所奉献的，那么我只有毁灭它给你们看！"在报复的快意中，在自虐的刺激中，她告别了自己，告别了自己的灵魂，狠心地把怀着的珍珠敲成碎末，之后，还剩下什么呢？——一个茫然哑然向天张着的沙滩上的空壳。她没有自杀，她要用自己的眼睛睇视自己的熄灭，用自己的舌头舐尝毁灭的苦涩。

经过这一场大手术，她该轻松了吧。拔去了珍珠而并未死亡的蛤蚌可以平静地活下去吧，然而她已不再是自己。从 1913 年起，被迫害妄想症使她日夜不宁，终于失去自理生活的能力，被送进精神病院。次年世界大战爆发，她被转移到南方的一个精神病院去，在那里度过最漫长的 30 年，那是怎样的 30 年啊！

我们还可以看到她这时期的一张照片。据推测是 1931 年左右照的。这是一个坐着的老妇人，上身向右歪倾，头又向左歪倾，身体疲困得像一座梁柱脱榫，门窗曲斜的古屋，背景是精神病院破败的老墙。两眼没有一

迦蜜儿·克劳岱尔晚年在精神病院中

丝光，没有一句话。嘴紧闭着，嘴角塌撒着。面部的纹路和身上穿的冬衣的褶皱一样僵硬而且沉重，凝成一副愁惨无望的面具。到哪里去寻找那一个牧歌式的头像的痕迹，那一个有朝露草原的芳香的头像？整个表情给人的联想是一堆冷却的灰烬。火在遥远的往昔熊熊地、毕毕剥剥地炽燃过，然而太遥远了，那曾是"黎明"的光，而现在是寒冷无声的残夜。

1943 年秋，她在精神病院中寂寞地死去，被草草掩埋，没有一个亲友参加葬仪，而本也无所谓葬仪。为这件事，她的作为大诗人的弟弟保罗曾颇受到责难。1955 年保罗逝世。1964 年保罗的儿子想把姑母移葬故乡，和病院联系，竟然在墓地里连坟址也没有找到。

1990 年

看蒙娜丽莎看

陌生的罗丹

去年夏天，巴黎南郊的卡地亚（Cartier）基金会美术馆举行一个大型展览会，总题是"袒露的面容"（visage découvert）；搜集世界古今各个文化以人面为题材的造型艺术，从原始民族到最前卫以电视为媒体的作品，地区则从非洲到阿拉斯加，从澳洲到玛雅。收集范围如此之广，如何挑选，如何归类，如何陈列，当然都是难题，说明书上特别申明："展览室的陈列是按主题式审美标准来分组的。筛选工作不免带主观成分，但是参观者完全有自由打散组合的线索，按另外途径进行自己的思考。"组织者的野心很大，似乎要邀我们巡礼有史以来人类自己的形象的观察、写照，鸟瞰各式各样可能的人类的自画像。猿人直立起来，两手开始劳动、制作、战斗、游戏、装饰，便开始刻画自己。这刻画是询问自己、怀疑自己，也是在定义自己。这是艺术的起源，也是存在问题的起源、哲学的起源。就在最简单的面具中，我们可以解读出人的惊异、惶惑、追问、祈求和失望，自嘲或自得，无奈或愤懑，痛苦或恬然……

展览分为三大部分，分布在几栋平房里：一、"语法"，指人面的基本构成。二、"喧嚣"，指人面的变形。由于内心情绪的变迁，或疾病与恐惧的袭击，或艺术家手法的夸张，人面变得扭曲、离奇。三、"沉静"，在沉思默想中，在禅定静坐中，或者在死亡中，人面得到大平静。

要细言，要一一比较，要深入地玩味……那是参观十次、二十次也不够的。

那一天我和一位法国太太同去。她也已退休，曾担任过杂志编辑，爱好哲学和艺术，是个热情人，意见尖锐，有时不免偏颇。

在一个黑人面具前，她兴奋地叫起来："C'est merveilleux!"（真是美妙极了！）那是一件十分简单的面具：圆盘状，额部凸起，刻有几何的纹路，眼并未刻画出来，眉宇以下只是一片近乎空荡荡的平板，也没有嘴。似乎到处都是虚，而虚的空间隐然有生命的韵律、灵的消息。我想中国人应该很能理会这里虚的妙用。因为中国文化中有这一传统，从道家的无到佛家的空，从绘画中的云烟到生活中的恬淡，从牧溪到八大山人。不过这里的虚自有另一种意味。我问她：

"你在这里究竟看到了什么？"

"这是简化到了存在的最后形式。"

我惊异她说得那么简单明白，扼要中肯。这正是我所要说的。而且我想这是雕刻的终极目标。那是一个简明的几何结构，似乎是很随意地、很偶然地拼合。我们可以辨认出一个人面，但并不能和一个真实的脸去印证五官的细节。那只是一种图解式的暗示，有时连暗示也没有，只是一片空白，由你去幻想充填，而它具有奇异的说服力。弧线与直线、平面与曲面互相扣接，互相照应，互相转移，组成一个完整自足的造型系统，一旦观者的眼光落到这系统中，便会中计，中魔，迷失于其间，徘徊盘桓，有如玩味一首诗的句式的美妙摆布，欣赏一道几何命题的精致证明。这精致与美妙具有形而上学的张力。这不仅是打眼的图案，更是存在层次的构成。固然不好说美，也不好说真，或者善，它"是"，它就是如此地"是"。我们说不出它为什么如此是，我们也无须再问为什么，我们只得心折，而且赞叹。

陈列的作品太多了，也太纷杂了，从一个地区跳到另一个地区，从一个时代跳到另一个时代，从一个文化跳到另一个文化，观者的心理、眼睛要不停地作调整，这是非常疲劳的。

我忽然在一个小橱窗中看见一个小的石膏头像，我所熟悉的风格，同时我感到陌生极了，一件罗丹的作品。我简直不敢相信自己的眼睛。我的眼睛明明知道这是熟悉的形象，却又做强烈的抵制。在这千变万化的人面的展览会中，一路看下来，突然面对罗丹的作品，好像面对一件异物。这是一块尚未成形的泥团，很软，近乎混沌；很空，没有意义。有待旁白的解说："这是眼睛，这是

看蒙娜丽莎看

鼻子。"我一怔，加快脚步避开去。我自己说："看得太累了，精神不济了，不能再吸收了。"

在展览室中大概转了两个多小时，算走完一遍，脚是累了。走出最后一间展览室，出口开向一大片油绿的草坪，眼睛奔出去，顿时得到解放、舒松和自由徜徉的快意。草坪纵横有百米之广，周遭围绕着百年以上的巨树。草坪起伏的铺展和大木蓊葱的巍峨，两相对比，使人想起尺鷃与大鹏的对话。草地的这里、那里有恺撒、阿尔芒诸人的巨型雕刻。他们拼命堆砌，大而无当，在大木脚边，显出矮小费力。

罗丹《父亲的像》

我们拣了两把椅子，在清凉的阴翳中坐下来。我想起方才看见罗丹头像的感觉，于是问：

"你看到一件罗丹的雕刻了吗？"

"怎么？有罗丹的？我怎么没有看到呢？不过我也并不想看到。"

"为什么？"

"我不喜欢罗丹。太多的文学，故意制造效果。"

"从来没有喜欢过吗？"

"从来没有喜欢过。"语调是斩钉截铁的。

我沉默了。她从来不喜欢罗丹，在展览室里竟然没有看见罗丹的作品，实在不足怪。我似乎不必再提我一向对罗丹的看法和我刚才得到的感觉。她大概不会有兴趣知道。谈话于是转到别的问题上。

但是这一天我的眼睛拒绝接受罗丹的作品，对我是一个问题，我必须找出一个答案来。

罗丹的雕塑是写实的。在那许多展品中间，写实主义就显得相当怪异，甚至荒谬。写实是仿制，仿制眼睛，仿制鼻子。仿制有什么意思呢？写实艺术家做出一个鼻子来，要我去核查模特儿的鼻子，然后点头说："你做的鼻子是对的。"塑得很对，有什么意思呢？即使和真的一模一样，又有什么意思呢？

制作非洲面具的工匠采用的是一些符号。一个三角形的突起，即算一个鼻子，他好像在说："我所了解的鼻子就是这个样子。"很武断，也大胆而天真；代表一种执迷，或说一种信念。这处理办法无论能不能成立，能不能说服我，它决不请我去考查真实的鼻子，找另外的参照资料，然后下判断。它也许会使我觉得可笑，但也可能令我吃惊，并且赞叹。只凭这三角形本身的妙用，我可以测度作者的眼力、腕力、心灵与智慧。这三角形是一种代码符号，而能够发挥符咒的魔力。

非洲面具

看蒙娜丽莎看

当然罗丹的写实并非机械地复制自然。艺术家把握实在的某一方面，把这方面加以突出，加以提升，而有效地表现出来。罗丹所把握的是一个什么样的方面呢？我们可以说是：生命之所以为生命。生命是跳动的，时时刻刻在变化的；生命是容易受伤的，可以死掉的。人的肉体那样柔软，那样脆弱，时时有欲求的风风雨雨，有情绪的地震、信心的坍陷，有笑和哭的断裂，泪的流失。罗丹要捕捉的正是雕刻所难以捕捉的，他要使艺术更贴近人生。他把西方摹仿自然的传统推到逻辑的极限。他取消了雕刻的坚实与静止，雕刻的建筑感、纪念碑感、永恒感。他使物质更趋向肉，趋向柔软，趋向朝露的鲜美，使雕刻更趋向灵动，趋向刹那，趋向不定。他的塑造法（Modelé）要再现肌肤表面的颤栗和这颤栗所牵引起来的光与彩的闪烁浮游。如此顷刻变化的生命现象该用电影机、录影机去拍摄，雕刻如何能追踪呢？他鞭策石头和青铜去追逐风的来去。他做一桩不可能的作业，然而，奇迹般，他成功了；然而，注定的，他也失败了，他的雕刻是生动的；他的雕刻也终于只能是破碎的、断裂的、塌陷的、支离的、未完成的。有芳香新鲜，也有萎谢与衰朽。他的人体活起来；而雕刻走向它的反面，走向死亡。布朗库西一批人不得不从新的观点出发，重新创造三维的语言来锤凿石块，打磨青铜。沿着罗丹的路再走下去，就出现了贾科梅蒂的人物，脆弱的躯体走向更可怜的孤零零的立影。虚无侵入存在。比贾科梅蒂走得更远的，则只有怪胎与畸形的鬼物。在这一小小的罗丹的头像上，我惊惶地瞥见什么呢？我

罗丹《夏娃》

看见：塑泥在骚动，而形不成有力的符号；生命在变幻，而形不成存在的实体。

如果回到罗丹美术馆，回归到他的美学体系中，也许我仍能赞赏他的捏塑的神技，仍能玩味他述说人体的故事，然而今天我从另一个角度去侧视，却看见他的作品的负面：雕刻的死灭，生命的虚幻。

1993 年

罗丹《亚当》

看蒙娜丽莎看

谈贾科梅蒂的雕刻

一

雕刻家贾科梅蒂逝世了，留在朋友们耳边是这样重复过无数次的话语："我不过要照自然临写，写眼前见的东西：一个人、一只苹果。我知道这是被人卑视的。但是真实是什么？我不知道。我试着去接近它。正因为我不知道什么是真实，所以试着以雕刻以画去剖析、去了解，这才使我觉得求索的大欢喜、制作的大欢喜。"

"要严格地按照我们眼睛之所见，塑制一个头像是不可能的。但我以为在今天，其实自从 19 世纪末就开始了，要临写自然，那么作品就无法作完。没有一个'完'，因为你愈视察，就愈看出东西来。"

"你给我做模特儿，做一千年吧，我可以预言，一千年以后，我会向你说：'都不对，可是我接近一点了。'你在我面前坐着的一千年中，我每天都会发现新的东西。"

"真实仿佛躲在一层薄幕的后面。你扯去了，却又有一层。一层又一层，真

阿尔贝托·贾科梅蒂在工作室

实永远隔在一层薄幕的后面。然而我似乎每天都更接近一步。就为这缘故，我行动起来，不停息地，似乎最后我终能把握到生命的核心。"

"我每次工作，都毫不犹豫地把上一次所作的修削、删改，因为我感到看得远一步了。其实我也不过是按照当前的感觉去制作。我们总以为当前的感觉是较可靠、较深入的。假定到头来，作品还是失败的，终要被捣毁，在我自己却总是一次胜利，因为我已获得了从未有过的若干新感受。"

二

贾科梅蒂的雕刻瘦削而枯索，上面留着深深的一条一条的刻刀的痕迹。显然他苦苦不断地推敲、修改，他不断地把物质剔掉，并且还要继续挖掘下去，准备以一千年时间。

他寻找什么？

三

雕刻家运用凿子和铁锤并不是为在大理石或花岗石上仿制礼帽与花裙。如果有人专打凿了一顶花岗岩的礼帽，将何其可笑。在一定客观要求下要雕刻衣着，那么这衣着必须帮助表现主题：革命者飞卷的外套、战斗者的剑、工人的留着劳动的褶痕的工作服。然而工人的粗壮的手、胳臂、胸膛，不是比工作服更有跳动的生命么？被年长月久的灾难压得佝偻的老妇人，如果赤裸裸让人看见她的扭曲峻嶒的脊梁，不更令人惊心动魄么？追求真理与生的悲剧的雕刻家厌恶衣着的笨拙与虚伪。罗丹塑造的少女是赤裸的，母亲是赤裸的，圣约翰洗礼者是赤裸的，不止此，他塑造了赤裸的加莱的义士、赤裸的巴尔扎克、赤裸的雨果。诚然，他不肯，亦不能止步于礼服礼帽之前，他要把更自然、更完整的人从衣着外壳里掘取出来。看见了人的赤体，他仿佛才洞见人的内心与躯体

看蒙娜丽莎看

所构织成的山川大地。

人体的刻画到罗丹达到一个顶峰。在他那里，人体激烈地、充分地、痛快淋漓地展现了个人的内心种种形态。现代雕刻家则不满足于人体的局限，尝试以各种抽象形体传达他们要表现的意象；却有贾科梅蒂这样的雕刻家还要面向人体，认为人体仍是一未穷竭的题材。他要把赤裸的人体更逼入一层，诘其究竟。他要剥除可能的躯壳的虚伪，刻画到内部去；剥除了它的微笑、伪笑；剥除它色泽掩映的皮层；剥除它太圆、太厚、太温适的肌脂；他要节节挖掘进去，揭露最赤裸的赤裸；因为裸体依然是华丽漂亮的，裸的人体显耀着、诱惑着、招摇着。它有时并不忠实于内部的悲剧。它独立成为一个体系，发着闪熠的雪光、迷离的桃红，一如一袭华靡的衣裳。

衣着说明我们的身份、阶级、职业、喜好，裸体犹说明我们的年龄、性别、体质、个性的若干方面。贾科梅蒂不但排斥了前者，连人的个性、体质、欲望也都扫除了，留下什么？一个单纯存在的基本的人形。比赤体更贫乏，更抽象无名的人形，像我们发掘出来的原始人的骨骼那样空洞而残剩的存在。我们只知道这是一个人的初始的惨淡的形象；他连个体特征都没有，性别都难辨，然而直立着，走着，惶惶地、瘦伶伶地，一无所有，单纯得像一个符号。他只可能有一个欲望：存在的欲望；只可能有一个恐惧：不存在的恐惧；只可能有一个问题：存在与不存在的问题。他动摇在方生方死，将灭将起的边缘。

奇异的雕刻！以人体为题，却是反

贾科梅蒂《鼻子》

人体的，却是描写人体后面的主体——超人体的人体。远离现世生命跳动的欢醉与悲苦、微笑与愤怒。生命的严冬：凋弃了一切花与叶、芽与果、翠绿与火红，留下黑黢黢的枝桠的人体。

它让我们看见存在的起点，或者终点，或者终点与起点：尊严而又寒碜。

四

通过怎样的创作方法贾科梅蒂取得这比赤裸更赤裸的人体效果呢？

中国艺术家常喜谈"胸有成竹""意在笔先"，意思是在落笔之前，已有一个要表现的主题，或者要运用的笔触，或者要经营的构图，或者甚至是一幅已经相当完整的画面只待在纸上实现出来。贾科梅蒂的方法与这正相反：他胸无成竹，他正是要扫却胸中的一切成见、定见去看自然。他认为艺术创造是认识自然的手段。每次面对对象，他都带了好奇新鲜的眼光去观察，窥伺探索他所尚未发现的东西。认识、发现、创造，在他是一回事。

这种认识方法是纯直觉的，纯当下刹那的。因为他要忘掉，或者否定过去积下的经验，归纳好的观念。每一次开始工作，他都像一无所知，或者说每一次他都认为现在才真的照见真理，每一次他都看到了别的颜色、别的线条、别的配合与交错、别的协调与对照。今天工

贾科梅蒂《超现实主义之桌》

看蒙娜丽莎看

作时，昨天完成的已经为过去。

"你给我做模特儿，一千年以后，我会向你说：'都不对，可是我接近一点了。'"

这话似乎不可能，我们应该怎样解释呢？"认识过程的无限性"可以从三方面来说：第一方面是自然本身的复杂性。一条线不是孤立的，它与第二条线发生关系时，显现某一种特性；它与第三条线发生关系时，又显现另一种特性。关系无穷尽，我们的发现也无穷尽。第二方面是创作者本身的复杂性。昨天我的精神状态曾如此，看甲线觉得如此；今天心情已变，见甲线已呈现另一意味；明天我的心情又将不同，甲线的性质也将随着变化。我的精神状态正是佛家所谓"念"。后念推前念，生灭不已，无有穷尽，我们眼中的世界也将无穷变化。还有第三方面是对象本身也在迁化中，模特儿每天都略有不同，一天是安闲恬适的，二天是黯然敛抑的，一天是畅快愉悦的……我们果是胸无成见，不是粗率地想着：这是某某人，眼睛当如此如此，鼻准当如此如此……我们果是凝神于模特儿，敏感于他的每一细微结构，那么以迁流不息的我，去把握迁流不息的对象，雕刻永远在新的角度里进行，"没个完"。

贾科梅蒂的世界可以说是"刹那"所累积的世界，只有刹那，一千年的刹那，永劫的刹那。但是无数连续的刹那新陈代谢，前后排斥，前后扬弃，竟然洗荡了重重的偶然性，留下了纯粹存在的间架。

五

贾科梅蒂的雕刻不是写实主义的，亦非他一度热衷过的超现实主义的。如果我们一定要找一个名词来确定他的风格，可以说是存在主义倾向的。其为存在主义哲学家萨特之欣赏并非偶然。

萨特把人的"存在"（existance）当作第一义的、最基本的；人的"本质"

贾科梅蒂《女体》

（essence）当作后起的，第二义的。人有最后的本质么？这最后的本质是什么？理性？仁？至善？恶？在他认为没有。因此也没有要培养、要发展、要完成的"人性"，因此也就没有"非如此不可"的道德律。人的本质是从人的实践活动中产生的、确定的。如果一定要指出人的本质来，那么可以说：他的本质在于他能够创造他的本质，他有选择本质的可能、自由和主动性。在未选择之前，存在有着"一切在我"的自负、自豪，但是也有着"怎么选择呢？"的踌躇、惶惑、惧怕。人是被判定要选择的，非选择不可，逃避选择亦是选择的一种。但是既然无"人的本质"，无道德标准，那么如何选择呢？选择有没有标准？萨特说：没有。但是有一点：我们的选择并不是在无法作决定时的拈阄，无可无不可时的随便瞎碰。如果是真的选择，那么必须是面对现实，看清我们的"处境"（situation），然后作一毅然的"参预"（engagement)。

我们说过贾科梅蒂作品的内容是极端贫乏的。那些人体在纯存在状态中。它们没有确定的时代性、地域性，没有社会关系，甚至尚未获得一个实实在在的肉躯。因为一旦有了肉躯，也就进到某一具体的"处境"，而成为希腊神话中的维纳斯、《圣经》中的圣彼得、一个法国的科学家、一个英国的戏剧家、一个俄国的革命诗人……他所塑造的人形是被抽去了一切"处境"的样态。它们存在了，可是孤零零地悬空着。它们立在生的起点上，似乎要"参预"到世间来，求得骨肉，披上衣裳，赢得称号，言说而行动起来。然而一切尚未开始，人仅仅是存在着而已。他要做什么？他为什么存在？他将创造怎样的未来？……没有人能回答。没有必然的、先验的理由，他存在了。在纯存在的层次，我们发现了

看蒙娜丽莎看

"荒谬""不可理喻""不可思议"。面临这一个存在主义者提出来的问题，我们也只能感到"惶恐"。这心理状态在萨特的《恶心》里描写过，在加缪的《西西弗的神话》里讨论过。

贾科梅蒂的人物立在生的起点上。他塑过许多肖像，写明这是某某人的塑像，但是每一个人都被放置到这个起点上被剖析、被拷问。在贾科梅蒂的刻刀下，他们变得赤贫、枯槁、木然、茫惑。他们存在了，而终于不实在。他们有着矜持与自尊，而终是稀薄的投影、存在的最低限的符号。

六

这样的雕刻能给我们什么呢？

如果我们赞美金佛低眉趺坐的庄严，人之子在十字架上的悲壮，那么这里没有大智或大爱，没有大宁静或大受难，这里只是平凡得脆弱的人形。如果我们赞赏手执试管的科学家沉思模样，革命者在风暴里坚定地迈进，那么这里没有史实，没有传记，没有狂歌与大事业。如果我们爱少女圆浑如玉柱的肢体，

贾科梅蒂《三个行走的男人》(局部)

运动员肌筋紧张如劲弩的动态，那么这里的血已经涸竭、肌肉似在解体，我们但见人形的废墟。如果我们受惑于现代理性派雕刻的秩序，或偏爱反理性主义雕刻的荒诞，那么这里并没有打进眼里来的新样式、新质地、精妙的仿机械的拼制，或者火山熔浆一样的虬绕盘结，只是这样平淡的人形。

在这里没有一点使人振奋、向往或痛哭的东西，只有"纯存在"，玄学性的生命的波颤。"纯存在"本是不可能的。人的"存在"必然黏骨附肉于一"处境"。但是贾科梅蒂竟然提炼了这样的形象，使我们看见了"纯存在"的形式。我端详这些离奇的人物，感到一种莫名的不自在：它们没有厚度，没有重量，没有清楚的面目，不像雕刻。在公园与广场上的铜像显得何其自信，坚硬而沉重，负载着人的理想，凝结一个意义。他的人物像升起的一缕烟，空洞得像一句关于存在的命题，乞求存在而找不到一个理由。

他的人体否定人体，他的雕刻里没有雕刻。他的雕刻是一失败吧。但也正如他自己所说这是些新的经验。他带给我们的是雨果赞赏波德莱尔所说的"新的战栗"。诚然是贫血的、寒碜的，然而我们不曾见过如此的雕刻，雕刻不曾说过如此的话。这些立在有、无之际的修长的、非雕刻的人体，一旦出现，竟然成为雕刻世界中不可缺的东西了。

1966 年于巴黎

看蒙娜丽莎看

展览会的观念

—— 或者观念的展览会

这是我第一次来台湾，心理上是非常兴奋的。台湾对我来说，好像已经熟悉。有那么多朋友谈起过，描述过。有那么多认识的和不认识而神交已久的朋友生活在这里，工作在这里，所以好像已经熟悉。然而，其实，又完全陌生。今天就要把想象里的台湾和实际的台湾相印证。这是使我好奇而兴奋的原因。而最使我兴奋的是要把许多书、许多艺术品和写这些书的作者、创作这些艺术品的艺术家相印证。孟子说："读其书，不知其人，可乎？"

我想认识大家，反过来，大家也必想认识我。这一点可很叫我不安。我是最不习惯被观赏的，因为我在本性上就不属于飞扬跋扈、轩昂潇洒的类型，我又没有表演的本领，也没有口若悬河的辩才，有人想看什么精彩的风光，是一定要失望的。可是《人间副刊》的金恒炜先生写信到巴黎，要我演讲；雄狮画廊李贤文先生写信到巴黎，说可以举行个展，这一下，使我在要看的兴奋中加进了一半被看的惶恐。

本来，早就有朋友劝我来台湾开展览会，我十分感激他们的美意。可是我一想到这个问题，就感到有不少困难。

我在法国很久，做过的工作很杂。如果要开展览会，展出什么？前20年曾以艺术创作为生，以雕刻为主要工作，但对绘画、文学也有兴趣。后20年主要的职业是在巴黎第三大学东方语言文化学院教中国语言文化，但是对雕刻、书法、绘画、诗的兴趣都没有减低。又因为抗战时期在西南联大读的是哲学，在思考问题的时候，仍摆脱不了哲学学生的习气。如果要把我的工作介绍给台湾的朋友，怎么办？怎么总结？怎么选择？一个简单的方法就是把所做的东西一股脑儿都陈列出来，可是这最简单的方法正是最麻烦的方法，而事实上做不到的。

如果把我刚才说的这些情形、资料，输进电脑，然后提问："我应该开一个怎样的展览会？"我想出现在银幕上的大概是四个大字："观念艺术"。

这四个字一出现，大家反应一定各不相同，但大概都会一跳，连上我自己。有人吃惊，有人大怒，有人欢喜，有人为我捏一把汗，说："怎么？某某人一向严肃，年纪也六十开外了，怎么也来耍这一套把戏？"他们大概想起那些把山头用塑胶布包起来，把自己在笼子里关一年，把手臂的皮割出血淋淋的条纹的观念艺术家。

我想到举行一个"观念的展览会"，倒不是根据电脑的答案做出的决定，也并没有想到要做出什么吞刀吐火、飞檐走壁的表演。

我说过，我在东方语言文化学院教中文。两年前，学年终了监考的时候，不知道为什么，忽然想起当时的一些艺术展览会，忽然有法文的诗句跑出来，于是就用考卷纸记录下来，连着监考几天，也就连着写了几天诗。当时倒也确是想把这些诗放在一个观念艺术的展览会里，甚至想举行这样一个个展，不过后来因为别的工作牵挂，这组诗也就被搁置在抽屉里。这次要来，才想起这些诗，于是找出来，并且翻译成中文，当然也进行了一些修改。因此，可以说它们是我最近的作品，可以说是我的艺术道路的最近的到达站，也可以说是我的艺术工作发展的逻辑的演绎段落。这里没有雕刻、没有画、没有书法、没有文字……也可以说都有。

所以明白扼要地说，这次画廊给我的课题，就是一个展览会，没有指定展览什么，我是这样了解的："展览一个展览会。"而《时报》副刊约我来演讲，谈我所关心的问题，目前我所最关心的问题无疑就是这个展览会的观念和如何展出这个展览会。

"观念艺术"在英文是"conceptual art"，严格的翻译是"观念的艺术"。其

　　　　　　　　　　　　　　　　　看蒙娜丽莎看

约瑟夫·科苏斯《一把和三把椅子》

实我倒是比较偏爱中文的名词，"观念艺术"诚然是"观念的艺术"，但也可以解作"观念"和"艺术"，在传统艺术品中，观念和艺术两者是交融的，在观念的艺术中，两相分开来了，就一边有艺术，一边有观念。观念艺术家必须大量利用文字来诠释作品，作品和文字不再是一个整体，而是一个组合体，观念、艺术互相分离，但不互相独立。所以我现在在这里做演讲，说展览会的观念，谈观念的展览，和布置在画廊里的展览会的展览会是一回事，是一个组合体，都名为"展览会的观念——或者观念的展览会"。

"展览会的观念——或者观念的展览会"听起来好像在玩弄哲学名词，故弄玄虚，有点近乎吞刀吐火的把戏了。我想立即把这问题平实化一点。

我讲一件过去的事情。我们高中时代热烈地崇拜贝多芬、米开朗基罗。那是抗战的时代，在云南，我们哪里见过米开朗基罗的雕刻，顶多看到一些很小很粗糙的照片复制品；又哪里听过贝多芬的交响乐，顶多是听到四十五转的唱片，那时候用的唱机还是手摇的。我们的崇拜从哪里来的呢？就是因为读过了罗曼·罗兰写的、傅雷翻译的《贝多芬传》《米开朗基罗传》。所以我们以为在欣赏他们的作品，实在是一个误会。罗曼·罗兰已经把他们的作品变成观念了，

雕刻 & 展览

熊秉明《母亲》

我们所接触的实际上是这些观念，物质的部分是非常之微的。

其实我们也不必举这样一个遥远的例子。艺术品有其物质性的存在形式，但绝大部分的存在形式却在人们的脑海里。比如《蒙娜丽莎》这一幅像，知道的人非常之多了，而绝大多数并没有看到原作，只不过看到很小的复制品。亲眼看到原作的，绝大多数是在旅游巴黎的时候，跑到卢浮宫，在画的前面站了两分钟，甚至还不到。对于这样一个观光客来说，《蒙娜丽莎》也只存在于他的记忆里。而这记忆是怎样的呢？如果他不是画家，那具体的形象大概是非常之模糊朦胧的，比较清楚的是他对这幅画的观念，也就是已经兑换成观念的印象。比如说：这个女人端端正正，可是也不见得美。这个女人不美，可是好像眼神里含着一种什么意思，等等。又比如说：画面颜色黯淡得很，颜色很调和，等等。所以严格地说，艺术品都是被判断、被审定之后，以观念的形式而储存在我们的脑资料库里。艺术品是一个刺激物，它通过我们的感官感受造就一些观念资料。艺术家的目的，前后目的是制造这些观念。（观念艺术家就想把艺术品的物质部分尽量减少，用最简捷、最有效的手段在观众的脑子里激发出观念来。而引发观念最有效的，至少是最直截了当的，是观念。）

就像我们刚才举的例子。我们年轻时候虽然没有见过米开朗基罗的作品，但是读了罗曼·罗兰的书，眼前恍惚，仿佛看到了那些作品，也受到大的震撼、感动。很可能我们终身不能到欧洲去亲眼欣赏那些壁画雕像，这些壁画雕像也就在我们有限的生涯中只能是以观念的形式存在了。从一方面说，没有看到原作当然是遗憾的；但是从另一方面说，艺术的功能已经完成了。有人跑到意大

看蒙娜丽莎看

利，看到米开朗基罗的作品，毫无感受，能目睹原作，该是无憾了，但是从艺术的意义和功能说，却是落空了。其实我们还可以举更突出的例子。我们歌赞的一些杰作，往往这些杰作早已不存在。像希腊菲狄亚斯的雕刻、王羲之的字、吴道子的画……都成为观念的作品。它们代表人类思想、艺术活动的某一种理想的最高成就。它们在历史上实际存在过，但我们手里的只是残片或摹品。在观念上我们必须讲它们，它们也必须存在。

这样看来，岂不是作品的物质部分可以根本取消吗？的确，观念艺术家有这样的想法。比如德国的波依斯（Joseph Beuys，1921—1986）到日本演讲，他以为演讲本身就是作品，他和听众在这空间时间共同创造某种东西。比如说我临行的前两天，在巴黎现代美术馆看了三个观念艺术家的展览会，其中的一个是劳伦斯·维纳（Lawrence Weiner，1942—　）。他的作品是直接写在展览室四壁的一些句子，其中有三条是可以注意的。

> 艺术家可以实现他的作品
> 作品也可以由别人来实现
> 作品也不一定要实现

照这样说，作品只是一个观念，有了观念，艺术家自己做，由别人做，都一样。甚至不做，只要观念在便行。美国一个艺术理论教授麦克艾维里（Thomas McEvilley，1939—2013）在 *Art Forum* 杂志写了一篇讲观念艺术的文章，题目是"I think, therefore I art"，直译出来就是"我思，故我艺术"。题目的典故出自法国理性主义哲学家笛卡儿的名句："我思，故我在。"他认为感官经验是不可靠的，我所在的这个世界，连上我自己，都是可以怀疑的。唯一我无法怀疑的真实是"我正在思想"。而既然有"正在思想"这回事，那么作为思想活动之主体的我也必须是存在的。这个命题在欧洲哲学史上非常重要，后世还常常引用、讨论。萨特在他的《存在与虚无》一书中还花长篇讨论过。麦克艾维里就借来说明观念艺术的"想"的重要性。所谓"我思，故我艺术"用流畅的意译，也就是说"我的构思就是创造"。把"构思"和"创造"两个动词换成名词，也就是"观念就是艺术"。把"观念"和"艺术"两个比较抽象的名词换成两个比较具体的名词，也就是"文字即是绘画"。我这样做词汇替换的程序，大概会有人要担心我在做什么逻辑手脚，引大家掉到什么逻辑陷阱里去。不，我们最后引导出来的判断"文字即是绘画"，确是很多观念艺术家的想法。（所以有的谈论观念艺术的要谈立体派把 Journal——报纸的字样引入画面。）

艺术欣赏本有隐约的观念在活动。康德说美是直观与理性的统一。一个美的形象，使我们觉得这形象暗示一个意义。这意义也许说得出，也许说不出，而在欣赏的时候，我们往往努力把它说出来，也就是把目前的形象折换为观念。如果我和朋友一起欣赏画，我就尽管把我得到的观念说出来，传达给朋友。比如一幅画画的是一片湖、几点山、一个钓船、船上一个渔翁。如果我们说这画画题是"秋江独钓"，似乎就有一种落实感，把画面的种种统一在一个观念里。单"秋江"两个字，好像就说明了很多画上的东西。或者说画家是要通过那许多东西的刻画，挤出"秋江"这一个观念来。显然"秋江"两个字并不能替代画上的疏林、红叶、芦苇，等等。但是画上的疏林、红叶、芦苇等必须统一在"秋江"这个观念中，把这个观念微妙而丰富地衬托出来。一幅好画并不只暗示一个观念。"秋江独钓"还只是个题目。在我们欣赏玩味的时候，我们会说：萧瑟、寒荒，我们会说：笔法苍老、意境空灵、清远，等等。我们说了这些话之后，就会觉得能够更确凿地把握到这张画，可以更便利地储存在大脑资料库里。所以艺术品本身有观念，但这些观念溶解在形象与空间里，就像糖溶解在果子汁里。艺术欣赏固然是品尝果汁的甘味，但是欣赏的一部分活动是把果糖提炼

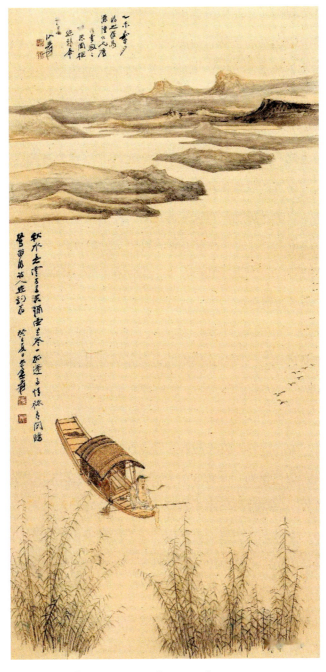

张大千《秋江钓艇》

出来，也就是把观念从作品中提炼出来。好的艺术品是趋向观念的，有效地暗示观念的。传统的艺术品虽然趋向观念，可并不让人看见观念；近代艺术则使人清楚地感到观念的活动。到了观念艺术，则把生硬的观念提炼出来，强加给观众。

把形象转化为文字本是欣赏者的事，观念艺术家则把这工作变为创作者的事。所以在观念艺术展览会中就有大量文字出现了。我想有人一定会想，中国绘画不是有文字出现的么？传统水墨不是题字么？对。我们的确可以说这是一种"观念艺术"意图，把绘画用文字来延长。中国传统绘画的画面上为什么可以容纳文字？这是个很有趣、也很重要的问题。我在这里只能简单地回答一下：

（一）中国画本来是"写意"的，"写意"就是传达一个观念，是一种图解，图解往往要求文字的帮助。

（二）中国画的空间是"图解"的空间，不是制造三度幻觉的，这是一种游移在二度和三度之间的，而书法的空间也是游移在二度和三度之间的，所以二者可以互相容纳。中国画的空白处，你说是三度也好，说是二度也好。画上云、鸟固然可以，写上字也可以。

西洋画是"写实"的，传统的西洋画透视法要在画面上制造一个三度的幻觉世界，这是一个严格而自足的世界，没有不确定的空白，文字无法加进去。你要在画面上写字，不是写在画中的窗子上，就是写在人的衣服上，或是写在天空、白云上。所以在文字与绘画互相排斥的传统中，观念艺术的出现是一件大事。"文字即是绘画"的命题也好像是十分骇人的口号。西方的观念艺术也因此处处显现出观念与艺术的冲突与分裂。

中国美术史上，题画虽然也是一个重要的关键事件，但好像是很自然的现象，从"写意"到"意"，从形象到文字，没有跨不过去的鸿沟。我想也因为这个缘故，我的这个展览会，说是观念艺术的展览会，听来是前卫的流派，然而

王维《江千雪霁图》

也继承一个传统，并不是高呼"火烧卢浮宫"式的惊世骇俗的叛逆举动。不过在中国文化体系中看，我想，也还是有点新的意味。

但是，我仍然把这个展览会名为观念艺术展，因为我要展览的不是一件一件的作品，而是展览会的观念。我有了这个构想之后，在巴黎和朋友们谈起，他们也很兴奋，动起脑子来，也就是说这个初始的基本观念已经在发生作用，这展览会在那里已经开幕。筹备这展览的时候，不止我一个人很紧张，积极协助我实现这个展览的人都很紧张，像画廊的徐海玲女士，其他雄狮的工作人员，像《人间副刊》的金恒炜先生、张文翔女士，他们都是积极帮助我把这个观念降生下来的有力助手。在这"展览会的观念"未降生之前，大家都不太能预料究竟实现之后是个什么样子，我自己也不能。现在展出了，在画廊里有写出来的展览，在这里又有了说出来的展览，究竟这个展览会是什么，当然还要请各位在大家的观念里，形成新的观念，储存在各位的大脑资料库里。

这个展览会的展览会，本是一个观念，本来也可以不实现，现在实现了，成功不成功呢？这个问题作者和观众的观点不同。在作者，成功不成功，就是展出的展览会和他原有的观念符合不符合。按照柏拉图的说法，必然是不成功的。因为在他的哲学体系里，观念才是完美真实的，实际的事物都是有缺陷的。

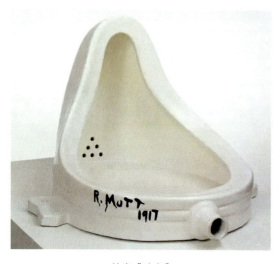

杜尚《喷泉》

所以展览会的现场当然不如展览会的观念，展览会的展览会也当然不如展览会的展览会的观念。相对于观念，实现了展览会是先验地要失败的。

至于观众的反应，我则希望他们认为这是一个失败的展览会。为什么呢？因为，如果他们有所批评，那就是在他们的脑子里出现了一个标准、一个观念，他们有了展览会的观念，或者展览会的展览会的观念，有了这个更高、更完善的观念来评价一个实现的展览会，当然实现的展览会是逊色的，但是能够使大家发生这观念，那么观念艺术的目的已经达到，观念艺术家已经可以满足了。

最后我还要说一点：现代艺术家所追求的往往不是"好"，而是"新"。观念艺术家也是如此。新的，也就是别人没有做过的、唯一的。因为是唯一的，就无法比较，既然无法比较，也就无好坏的问题。他们用"唯一"来顶替"好"，用"唯一"来保证作品存在的必要和价值。这使我想起大学时代读哲学的一段事。西南联大聚集了当时许多国内知名的教授，哲学系有一位教授名沈有鼎，是一个极怪的人，极不修边幅，著作不多，但学问很为同学们所佩服。他授一门形而上学。每次挟一本大洋书来上课，那是中世纪圣托马斯·阿奎那的神学。他讲的话我大都忘掉了，但是有一段偏偏记得很清楚，就是"天使"的定义。我们都知道天下事物都分为很多类，每一类中有很多个体。比如中国人中有张三李四……张三胖、李四瘦、王五矮、钱六高……各有特点，相较

看蒙娜丽莎看

之下，各有优点和缺点。那么天使是什么呢？天使是一些类族，每一类中只有一个成员，这成员是唯一的，只有他自己。既然是唯一的，当然能够，而且必须完美地代表这一类，这就是天使。现代的艺术家都有这个妄想，就要做"天使"，希望他做出来的东西只有他做得出来，他是唯一的，无法和别的作品作比较。他们以为如果新到无法再新，怪到无法再怪，当然艺术史上必留一笔，有了这一笔，他们也就满意了。我没有做天使的野心，我并不以为我的作品是唯一的、无可比较的。由于逃避评价，我的展览会只是一个尝试，提供一个观念艺术的可能样式，仍愿意听到大家的意见、批评，并且给我更高明的观念。谢谢各位。

1985 年

奥林匹克雕刻公园里的徘徊

奥运会的精神

《汉城奥林匹克雕刻绘画目录》是一本 5 公斤重的巨型大画册，拿在手里便仿佛捧着艺术史的一个里程碑。《序言》是这样写的：

如果奥运会仅只是局限于体育竞赛，那么绝不会发展为今天这样的具世界性的活动。奥运精神不只在锤炼心身，而且亦通过艺术创造促进美的欣赏，通过学术研究开拓新知识，而这些活动的终极目的是为了对世界和平有所贡献。艺术活动具有一种神秘的力量，使人们越过语言的、种族的、意识形态的以及政治的种种障碍而得到共同情感的沟通。为了这个理由，我们把汉城奥运会的文化意义着重地突出，组织了有史以来最重要的一次艺术奥林匹克。世界四隅的当代艺术作品将汇聚在这里，这是一个稀有可贵的机会让我们来欣赏这许多不同的可能。从远古，人类便在穴壁上作画。我们屏息拭目，观察人类将怎样迎接，并表现 21 世纪。艺术是一个严肃的努力。我坚信艺术奥林匹克将激发对于人类的未来做深入的探询；我诚恳地感谢为这一次艺术节的设计与实现付出勤劳与智慧的所有的人。

1988 年 8 月

汉城奥运会组织委员会主席　朴世直

文章中"世界和平""世界四隅""21 世纪"……一连串的用词显得冠冕堂皇，陈义甚高。但是作为世界奥林匹克雕刻公园，《汉城奥林匹克雕刻绘画目录》的《序言》大概也只能如此写，似乎也应该如此写吧。

雕刻公园巡礼

奥运会组织者邀请两批雕刻家赴汉城，首批参加开幕仪式，第二批参加闭幕仪式。我因 9 月初刚从北京回巴黎，需要略作休息，所以参加了第二批，和王克平、陈启耀两位同行。这一批雕刻家共有 30 人左右，来自法国、西德、意大利、西班牙、爱尔兰、加拿大、美国、波兰、苏联、乌拉圭、危地马拉、墨西哥、阿根廷、委内瑞拉、多米尼加、埃及、摩洛哥、利比亚、伊朗、印度、印度尼西亚、泰国、新加坡、日本……真是来自"世界四隅"，济济一堂。

到汉城的次日，9 月 29 日，便被招待在雕刻公园大楼的最高层午餐，饭后参观公园。不知道是什么缘故，是什么人的失职，我的作品未曾印入目录。我问向导小姐："你知道我的雕刻在哪里吗？"她居然点头说："知道。"我颇有些怀疑，因为 200 件作品，分散在这样大的场地，按说是很不容易记得的，非靠目录寻索不可。她径直带我去，果然在一座中国式凉亭不远的地方找到了我的《铁鹤》。审视了自己的得失，拍了几张照，也匆匆地看了一些别人的作品。

10 月 3 日又到公园一次，看得比较仔细，费了约四小时，巡礼了一遍。其实也仍是很匆忙，仍不免有遗漏。因为从一座雕刻走到另一座有时相当远，就以平均 3 分钟看一件雕刻计算，200 件雕刻需时 600 分钟，也就是需要整整 10 小时。

我怎样谈我的观感呢？很不容易说。

此刻回想雕刻公园，最先浮现的是那一片广阔、舒适的大空间，上边是匀净高爽的蓝色秋空，下边是软软延展的大地，草坪连绵，缓缓起伏；几波隆起的小丘陵，绕着几湾粼粼的池水；新植的林木还有些怯懦。"公园"的气氛和平而温柔。太阳的光度很强，但并不刺眼。空气的温度使皮肤感到清醒而快意，那是竞技的理想的温度。我们自己也想要换上轻衫短裤，跑一跑，跳一跳。

然而，回想那里的雕刻，却引起胸口的压抑、不自在。这里、那里，巨大而怪异的形体散布在草坪上，木的、石的、金属的、水泥的……我们难于描写，难于归类，只感到视觉受到侵犯、暴虐；并且，匀净的天空，明朗的阳光，清新的空气，草坪、小树也都遭受到侵犯与暴虐。

那一片广阔坦荡的大地像一个精美的托盘，我们挑选了最优良的产品陈列在这里，那上面神秘的蓝天似乎会有外星客的来到。可是这些产品真是足以代表人类今天的艺术成就，反映这时代的精神面貌么？外星客会怎样评价呢？2500 年前的古希腊人又会怎样评价呢？我们不是把这公园命名作"奥林匹克"么？造阿波罗的希腊雕刻家会说什么？我们不是把陈列在这公园里的作品保存下去么？21 世纪的来者又将怎样评价？

且不说古人、来者，以及外星人，我们自己先茫惑了，我自己先茫惑了。

从人体到物体

希腊时代的雕刻是"人体"的赞歌，赞美竞技的优胜者，赞美比竞技者更完美的神的躯体：阿波罗、维纳斯……今天，在这里竖起的雕刻，以人体为主题的不及 20 件，也就是不到十分之一，而这十分之一的作品是人形的残片或废墟。其余的是什么呢？我想可以总称作"物体"吧。因为"抽象雕刻"一词也并不恰当，有些分明是一把椅子、一堵墙、一架机器……从希腊到今天雕刻的演变，扼要地说，大概是从"人体"到了"物体"。

比我们的肉躯更美妙的，不再是阿波罗、维纳斯，而是"苹果""虱子""老鼠"……这些电脑的构件。"阿波罗"已成为太空飞船的名字。20 世纪人类所制造的东西远远超过人的双臂的膂力、两眼的视能、两耳的听觉……这肉躯的贬值过程是逐步的，原因是多种的，但是如果要指派一个象征性的日子，那么也许可以说是 1916 年 9 月 15 日。那一天在法国北部英军防线上冲出来坦克车，从此昂然奔驰在沙场上的战士不再有英雄的气概，而是一个脆弱的可怜的射击

　　　　　　　　　　　　　　　　　　　看蒙娜丽莎看

目标，一旦暴露，便将是应声而倒的影子。

也就是在第一次世界大战前后，雕刻世界出现了莱门布鲁克（Lehmbruck，1881—1919）的瘦长的、羸弱的、垂着头的赤裸男子。而第二次世界大战前后，在贾科梅蒂的塑刀下，瘦长的更细削了，羸弱的更枯槁了，并不垂着头，也没有任何抒情意味。人被简化为形而上学的架构，木然僵立，被虚无腐蚀到骨髓，在存在与不存在之际，摇曳如一缕轻烟。女性的丰满尚逗留了一个时期。麦约（Maillol，1861—1944）、雷诺阿的女体比古典的维纳斯似乎更具肉的魅

雷诺阿《猎人狄安娜》

惑，然而这是最后的人体的光辉。到了阿尔普，女体成为一段腰、一片胸的朦胧的断片的记忆。人的形象像一条流入沙漠的河渐渐消失。

我们说了，人形的消失的原因是多重的。人的内在价值随着人类文化的演进节节贬降。首先是哥白尼把人所居住的大地变成一枚绕太阳旋转的行星，这是一个思想史上的大地震。然后，达尔文把人从万物之灵的地位拉到与动植物平等的地位，列入生物进化的谱系里。弗洛伊德则把人的意识主体的尊严也推倒，性欲、潜意识、被压抑的情结是幕后的主宰。无怪在雕刻领域里，人的形象从神转化为英雄，从英雄转化为常人，从常人转化为精神病患者、转化为反英雄，而终于幻化。

现代雕刻的巨匠罗丹，实在说，也是把人的形象推向毁灭的路上去的。他的人体虽然充满跳动的生命，但那是悲剧的主角、痛苦的意识。《行走的人》没有头，没有臂。把残缺的身躯当作完整的作品展出的始于他。想扭转人形解体的趋势的是罗丹的学生，另一个巨匠布尔代勒，他创建了近代的纪念碑型的雕塑。但是大的趋势已经形成，他自己的一批学生贾科梅蒂、李谢（Richier，1902—1959）又都回到罗丹，并刻画出更凋残、狼藉、颓废的人体。布尔代勒英雄气息的雕刻被移植到东欧社会主义国家去，雕刻配合了现实主义的艺术理论刻画革命英雄。但是不幸，这一条路也导向人的另一种死亡，其发展的过程是从英雄而到少数先知的领袖，从少数领袖到唯一独尊的大神。我想起鲁迅在《野草》里的一段话："有一伟大的男子站在我面前，美丽、慈悲、遍身有大光辉，然而我知道他是魔鬼。""人类于是整顿废弛，先给牛首阿旁以最高的俸草，而且，添薪加火，磨砺刀山，使地狱全体改观，一洗先前颓废的气象。"

既然人的形象已走入绝境，有另一种雕刻思潮出现：远离人体，甚至根本抛开人体。布朗库西和摩尔尚以人体为题，但他们不从残坏衰竭方面着眼。他

看蒙娜丽莎看

布朗库西《空中的鸟》　　　　　　　　　布朗库西《吻》

们代表一种新兴的文化精神——机械文明，把人体理想化，造型趋向几何的曲线和直线，趋向机械的精密和完美。沿着这方向再走前一步，则雕刻家完全放弃"人"而推敲抽象造型的美。到本世纪末期，雕刻家的兴趣更近似科技的"制造"。他们摹仿科学与技术，要"发明"一个"物体"。这物体无用，亦无所谓美丑、善恶，然而是"新"的。正像许多科学的新理论，理论成立了，却无用处，等待用处。现代雕刻家造一个新的形象，他们自己并不知道代表什么意义。这符号只给人以"新"的心理反应，在观众那里激起无可名的好奇和惊怖。这是一个谜，而他们不知道谜底。那是没有谜底的谜，或者说那谜本身就是谜底。如果要他们解释自己的作品，有的会写出一套和形体同样令人眩惑的充满玄学气息、语言魔术的议论；有的则天真而得意地说"我不知道""艺术家不需要说话，艺术品不需要说明"。于是，自有精神分析家来寻索情结的根源；有艺评家用语言学、哲学的术语来诠释；有艺术史家来排比、归类。一旦被归类、被定名，输入电脑，作品也就失掉新奇，艺术家又要走向更新的领域去。

雕塑作品的分类

用"人体"和"物体"的观念来观察雕刻公园里的作品，也许可以分作以下几类：

属于"人体"的雕刻有三类：

一、残破的。像苏联人贝尔林（Leonid Berlin）的《为什么?》这是用废铁焊接的人物，面目模糊，两臂伸开，两手张着，好像在仰天询问。

二、缺损的。这一类和前一类不同，整体有所缺少，但并不残破，人类本身的刻画的古典手法很写实、很细致，但以现代观念把完整的形体加以打缺。例如阿尔及利亚人阿玛拉（Amara）和西班牙人贝洛卡（Berrocal）的石刻，两人都做了青年人的像，都同样把头的上半部削去。前者做的是两个胸像，被故意拆裂做几段。后者做的是个着衣的身躯，膝以下的部分也被削去。塞萨尔（César）的《大拇指》也可以放在这一类。

三、稚拙的。手法笨拙，雕像如玩偶。例如捷克人让可维奇（Jankovic）的《优胜者》。一个上半身，连接着三个并排的下半身。他自说嘲讽竞争，每个人都想得第一名，但第一名只有一个。

非人体的雕刻也有三类：

一、抽象雕刻。这是传统雕刻的延续，但是把写实的意图排除。基座上放置一个完整的形体，雕刻家着眼于几何结构的完美。例如巴西人德·卡玛哥（De Camargo）、秘鲁人古兹曼（Guzmán）的作品。抽象大型纪念碑也属于这一类，像韩国人文信（Moon Shin）的联珠状巨柱。这是公园中最高、最令人注目的标志物。

二、场景雕刻。把雕刻基座取消，把单体形象打破，化成多数形体，把场地布置的观念引入，把建筑空间的观念引入。如以色列人卡拉旺（Karavan）的《日晷》，据称是献给世宗大王的。那是 12 株 6 米高的木柱，每株纵剖为二，两

看蒙娜丽莎看

半相距约半米，形成一条狭窄的廊道。距这一排大柱约十米的南北两边还各立着一对这样的半圆柱。

三、喻意物体。既然不是纯粹的抽象造型，那就是一个可以叫得出名字的东西，或者可以叫得出名字，或者简直就是那东西的复制。例如古巴的布里脱·阿维拉娜（Brito-Avellana）的椅子和门，题为《内省：童年记忆》。阿根廷的玛勒（Maler）排列了大大小小的十来把椅子凳子，还有一个扁平的曲卷的人形。在现代，椅子扮演很重要的角色。在现代戏剧里、现代舞蹈里往往是唯一的道具。在雕刻公园，以椅子为主题的作品有四座。美国人莱维特（Lewitt）的《立方体之一角》是以直角相接的两段短墙。波兰人卡立那（Kalina）的《一路平安》是一段铁轨，放置了五对火车轮。第一对是完整的，第二对有一部分陷入轨中，依次愈陷愈深，第五对只剩下小小的弧形。

这样的分类当然并非界线分明的，像荷兰人布鲁斯（Brusse）的《狗的生活》，既用了喻意物体，又有场景观念。他组合了高墙、方窗、石级、铁链……效果很像舞台的布景。

这样的分类对雕刻的欣赏，实在说，恐怕并没有什么帮助。分类之意义，给每件雕刻一个位置，使观者对雕刻有些理性的知识，不至于瞠目结舌，张皇失措，但并不一定引起他对作品的欣赏，更不一定造成对作品的喜爱。

我们似乎听到恶魔的笑声

就雕刻家自己走在这里，也会感到迷惑的。对"雕刻"，每个雕刻家有他自己所给的定义；每个雕刻家苦心摩挲他所膜拜的形体，或者掘出他在潜意识底层所温孵的怪卵。

雕刻家们似乎在布置一个大规模的祭典。从世界五洲的各个角落来了多种部族的代表，在这里竖起奇奇怪怪的图腾，展开机械的、立体的符咒，摆布出难以辨认的面具。我们用怪异的声音祈祷，以荒诞的语言召唤神祇的到来。然而是怎样的神祇呢？没有名称。也许只能是撒旦吧。而这些图腾与符咒的制造者并没有受到任何巫师、教主、修士的指示。他们只是被不可知的诱惑所蛊动，被无限的尝试所支使，被永不能满足的好奇所催逼。他们各以为是艺术的忠仆，又是艺术的叛徒。他们是探险家。每个人都是和梅菲斯托弗列斯签约的浮士德，他要追求，无所禁忌，彻底自由。一切都是被允许的，不再有罪与恶、美与丑、正与邪、意义与无意义。这样的出轨、犯规是令人心惊胆战的，但他既已用钥匙启开了禁止的门了，他只得前去。他有大恐惧，但在这恐惧中掺有好奇的自虐的快意，亵渎与触犯带来的坏孩子狡黠的满足。他要发现新的疆界，发现新的大陆，或者岛屿或者岩礁、冰山，甚至海市蜃楼也好。

我们要到哪里去？没有人能回答。你问雕刻家："你到底要干什么？"绝大多数会说："我不知道，我在找。"

我们似乎听到恶魔的笑声。

孩子们的欢笑

而我是并不相信恶魔的。我自以为生长在中国文化传统中，既不惧怕恶魔，也不慕恋天使。中国文化没有神学，也没有上帝与魔鬼的故事。我徘徊在奥林匹克雕刻公园，心底应该是平静的，在这些离奇的造型之林间，可以泰然地漫步。

中国文化里早已存在超越美与丑、善与恶的美学。儒家提出尽善尽美的标准后（《论语·八佾》："子谓《韶》尽美矣，又尽善也。谓《武》尽美矣，未尽善也"），道家便提出反对的意见。老子说："天下皆知美之为美，斯恶已；皆知善之为善，斯不善已。"庄子说得更具体："厉与西施，恢诡谲怪，道通为一。"（《齐物论》）"臭腐复化为神奇，神奇复化为臭腐，故曰：通天下一气耳，圣人故贵一。"(《知北游》)如果庄子是雕刻家,他会做出肤肌若冰雪的处子,也会做出狰狞丑怪的人物,"其脰肩肩""瓮㼡大瘿"。而且他不会局限于塑造人的形象:"今一犯人之形,而曰'人耳,人耳!'夫造化者必以为不祥之人。今一以天地为大炉,以造化为大冶,恶乎往而不可哉?"(《大宗师》)他可以冶制大鹏、蝴蝶、鸥鹙……风与浑沌,以及纯粹的观念艺术,他说:"无成与亏,故昭氏之不鼓琴也""虽我无成,亦可谓成矣"(《齐物论》)。

从大自然怀中取一块怪石立在庭园里,观赏它的透漏谲诡,不是中国的传统吗?(所以王克平可以送去一段大木桩。)

我徘徊在那一片软软的草坪上,我以为我可以轻松地步去,怡然、逍遥,有庄周的眼光、天地的心。我可以有宽阔的胸怀去接近每一件作品。"是亦彼也,彼亦是也,彼亦一是非,此亦一是非。"(《齐物论》)

然而,很快我就发现这样的心态并不容易保持。有的作品,我可以同情地体味;有的作品令我漠然;有的作品,我始终不能接受,我看了不舒服,像吃了不能消化的食物,积梗在胸口。"圣人无己",而我不能,我只是我自己,只能以我的眼睛去观测。如果真是以接受一切的态度去欣赏,其实也就没有了欣赏。荀子说了:"庄子蔽于天而不知人。"

我于是想,以我这样的心理尚且遇到欣赏的局限,其他的观者必有严重的偏见与偏好吧。我又想:我自己的作品放在这里,会被怎样看待呢? 20根钢条,瘦硬的直线,架搭焊接起来,在晴空中支成鹤的简形——我自己认为这是我多年提炼成的形式,并且在我之前,中国文化里酝酿着这样的形式,不过我同时采用了西方某些抽象雕刻的手法。我在打制的时候,确体验到很大的愉快,测定这些钢条的长短、倾斜的角度,调准它们的辐辏疏密、比例节奏,制作凝聚的感觉、上升的感觉、超验意象的暗示。但是不能领会我的意图的人大概只看见几根灰黑冰冷的铁杆,他们会愤愤然,哀叹雕刻的没落。

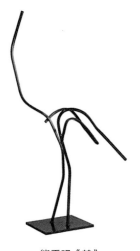
熊秉明《鹤》

艺术品是一个矛盾的结合体，它要使人们有感情地沟通（如《汉城奥林匹克雕刻绘画目录·序言》所说的），又在寻找感情的密码，显示感情沟通的不易。

三四个年轻中学女生走过，拥在我的铁雕下拍照，笑着、嚷着。又一群更年轻的学生跑过来了，拥着拍照，笑着、嚷着。

我想她们才是真正欣赏者吧。她们不提什么问题，没有什么怀疑。对她们说，这些就叫作"雕刻"。她们欣然接受，而雕刻也欣然装饰了她们的生活。

我不懂韩文，无法和她们交谈，只看到她们的健康快活的面庞上没有一丝阴影。人类文化处在一个开拓与发现的时代，我们已跃出地球，进入星际；同时我们也进入微观宇宙的探险，进入心理世界、生物化学世界的探险，我们时时得准备新视野的展现，接受新的惊愕。艺术家不断逃出过去的范畴，找新的结构、"新的战栗"。我们在自己所制造的精神失重中不能适应，发生恐惧、感到惶惑，而这些孩子似乎无忧无虑，欣然在这些新现象、新形象中长大起来。我们临时的桥头阵地，在她们是已经征服了的根据地，要更向前面进发了。

我们的作品已经留在那一片草坪上，对于未来者说，我们的忧虑，以及因这忧虑而说的许多话，怕都是多余的了。

看蒙娜丽莎看

关于鲁迅纪念像的构想

北京现代文学馆计划在馆内花园里立 13 座现代文学家的雕像，文学馆决定约我制作鲁迅像。我感到十分激动，这是在我心里酝酿已久的形象，我欣然接受，同时亦感到任务的重大。

1936 年，我 14 岁，正在北京燕大附中读初中三年级，国文老师李树源先生是北大毕业的。10 月的一天，他走上讲台说了一句"鲁迅先生逝世了"，课堂的空气立即凝结为沉重的静默。那一天他为我们讲了《野草》的《题辞》。接着数周，他为我们讲了《祥林嫂》《孔乙己》《药》《秋夜》《风筝》《我怎样写起小说来》《记念刘和珍君》……我们似乎在一个季节里陡然成长了一截。

1947 年我留学法国，在巴黎结识吴冠中。第一次见面，他学画，我学哲学，一时抓不到共同的话题，有些冷场的尴尬。忽然说到鲁迅，说到梵·高，顿时如烈火碰到干柴，对话于是"哗哗剥剥"地燃烧起来。那时我们二十几岁，仿佛在昨天。

后来，我在西方滞留下来，五十多年了，鲁迅的形象一直隐显在我的想象世界里。大概是在 80 年代，我曾用硬纸板剪贴鲁迅的像，朋友们看了都以为不错。1999 年北京大学庆祝百年校庆，留欧同学会决定赠母校一座雕像，妻丙安想到我的剪贴鲁迅像可以放大用铁片焊制为浮雕，大家一致赞同。这浮雕现在悬在北大图书馆。

熊秉明《鲁迅》

鲁迅的纪念像当是铁质的。

铁是鲁迅偏爱的金属。铁给人的感觉是刚硬的、朴质的、冷静的、锋锐的、不可侵犯的、具有战斗性的。在文章中，在小说中，他常以"铁似的"来比喻他所赞美的人物。

《铸剑》："挤进一个黑色的人来，黑发黑眼睛，瘦得如铁。"

《理水》："只见一排黑瘦的乞丐似的东西，不动，不言，不笑，像铁铸的一样。"

《秋夜》："……而最直最长的几段，却已默默地铁似的直刺着奇怪而高的天空……"

铁也给人一种现代感。钢铁架构的应用给现代建筑、现代工程和现代机械带来一大飞跃。但是在艺术上，青铜和岩石一直是雕刻家常用的材料。第二次世界大战之后，由于铜的缺乏和昂贵，出现了大批焊铁雕刻家。废铁的利用更促进了立体主义和抽象主义在雕刻领域的发展。

鲁迅的风格和许多同时代的中国作家有很大不同的一点是，他的风格有现代感。

鲁迅一向对艺术有兴趣，并且被西方现代艺术所吸引。他翻译过板垣鹰穗的《近代美术史潮论》，曾经专文介绍德国女画家珂勒惠支、比利时木刻家麦绥莱勒。两人都以强烈的黑白对比的版画来表现人生的悲惨和战斗，含有浓厚的社会主义思想。后者在手法上深受立体派和表现派的影响：粗犷、炽热、简净、痛快。这也是鲁迅在创作上所追求的。他的小说绝非平实的写实主义。所以采用立体主义、表现主义倾向的手法来制作鲁迅纪念像应该是适当的。

文学馆的鲁迅纪念像是圆雕，但又不是真正的圆雕，而是一座扁平的脱离墙壁的半浮雕，或者半圆雕，是一块中国传统的巍然独立的墓碑。

它的造型是碑，同时又是鲁迅的头像。从正面看去，可以辨出鲁迅的面貌特征；从侧面看去，可以看成是一扁平高大的碑碣；从后面看去，则看到一个微隆的大平面，并按传统的惯例刻有几行文字。

《野草》是鲁迅44岁时写的散文集，书中多处说到死亡，说到自己的死亡。

鲁迅像完成后，熊秉明夫妇和友人在工作室的合影

其中有一篇《墓碣文》，是这样开始的："我梦见自己正和墓碣对立，读着上面的刻辞。"是什么人的墓碣呢？我以为是他自己的。因为那上面的刻辞正合鲁迅特有的语调、精神。这一篇鲁迅自己拟好的碑文刻在纪念碑之阴恐怕再合适没有了。字体略近魏碑——

于浩歌狂热之际中寒；

于天上看见深渊。

于一切眼中看见无所有；

于无所希望中得救。

待我成尘时，

你将见我的微笑！

巡回展之后

一

这次的巡回展是丙安首先想到的。她以为我年纪已大，应该把一生的工作成绩做一次回顾，给人们看看，也给自己看看。那一年（1997）我75岁，我觉得她说的有道理。

然而，同时我自己很犹豫。1947年我考取公费留学来到巴黎。1948年我中断哲学论文，改习雕塑，靠雕塑为生约十五年，未能坚持下去。（倒不是不能维持生活，清苦的生活是可以维持的。）因为生性不习惯职业艺术家的生涯，到大学教书近三十年，直到退休。这期间教书之外并未放弃雕塑，但同时也弄绘画、书法，写文章，分散了精力。我究竟能有多少工作成绩可以展出来呢？

我从事艺术，似乎内在的动力不只是一个艺术的问题，也是一个哲学的问题。1982年，吴冠中在美术杂志上发表了一篇文章《熊秉明的探索》。这是国内第一篇介绍我的文章，冠中写道："他一面创作，一面反省创作是怎么一回事。"现在要以雕塑家的身份来举行展览，不免感到胆怯。哲学反思，自我拷问、剖析，对艺术创作有时是害事的。

我不知道丙安凭了怎样的一种直觉，很有把握地和高雄山艺术基金会美术馆执行馆长谢素贞女士共同策划了一个北京—上海—台北—高雄的巡回展。后来又加进昆明，那是我的故乡。

我抱着试试看的被动心理同意，同时也有着好奇。我想如果我死去，也许也会有这样的一个展览会出现。这样的一个展会是怎样的呢？若能在活着的时候，便目睹到这样的展出，倒是很有意思的。我可以带着超然的眼光，以看古人作品的心情去看这样的展览。

在筹划的时候，我做了一个唯一的提醒，我说展览不能只限于雕塑，必须也

看蒙娜丽莎看

展出绘画、书法、版画……因为我的创作方式如此，只有都展出来才全面。其实也仍是不全面的，因为缺少文字的部分。数十年来，我用母语也写了不少文章。

我没有再提别的意见，我很少提意见。大部分的筹备工作都由丙安和谢小姐去操心，像选作品，为作品摄影，编目录，整理资料，请人写序……接洽各城市的美术馆，接洽运输公司……丙安几次向我说："你知道多少人在为你工作！"每到一地展出，都要惊动这个城市的一大群人。我只有深深地感谢他们，而且感谢每一个走进展览场来的观者。

在《展览会的观念》组诗的第 5 首，我写道：

> 你来了
>
> 我能赠给你什么
>
> 你来了　慢步着
>
> 　低思着
>
> 你牺牲了你的生命的
>
> 这一分钟
>
> 　倾着友好的耳
>
> 　眼睛闪着
>
> 　好奇的火
>
> 　心在敲　而我
>
> 只是一面旧破的镜

二

我是内向型的，遇事多犹豫。举行巡回展之前，我有两个主要的忧虑：

一、我的工作太杂。如果把雕塑、绘画、书法都陈列出来，固然全面，但是很怕给人以"摆杂货摊"的印象。

50 年来，就是在雕塑上，我也已经过几个阶段，有铁片焊接的，有铁条焊接的，有铜铸人像，有铜铸动物……把这些风格不同的雕塑放在一起可能太杂，再加上不同风格的画、不同风格的书法（写的是我自己的小诗）……观众会觉得聚不成统一的格局吧。在现代分工专细的风气下，不免不合时宜。现在我们看到的许多展览大抵是一个艺术家一二年来的作品。三四十件作品像一件作品的不同走样。有的画家画了几十年，好像在画一张画。

二、和怕"杂"相关联的便是怕"浅""玩票""业余"。法语有这个字：amateurisme（业余派），这是我所不愿的。我进到纪蒙教室，便想做一个科班出身的雕塑学徒，想钻进雕塑的领域去，核心里的、灵魂里去。我以为纪蒙使我认识到雕塑的本质。我读过他写的一些论雕塑的文章。他有哲学的头脑，对雕塑有精辟独到的见地。但是许多年后，我逐渐才发现了他的创作的弱点：他不是一个工匠型的雕塑家。他所推崇的最上乘的作品都是从石头里凿打出来的。但是他自己并不打石头，他做人像，先用泥塑，翻成石膏之后，再在石膏上加工，然后翻铜。他是想用塑的材料和方法来营造刻打出来的石雕效果，这是先验的不可能的，结果变得事倍功半。这基本观念上的误差遂使他的作品有了这样的弱点：思考性强于工匠性。我的作品是否也会缺少朴质的工匠性呢？

这两个忧虑，画家丁雄泉在 20 世纪 60 年代便警告我了。他说："你做的事太杂，做雕刻，画画，写字，写文章，教书。你手里只有一把米，要喂四五只鸡，如何喂得肥？"这故事记在目录册里《自己的话》中。

巡回展先后用了几乎一年的时间，结束后，回想起来，似乎我的两点忧虑是多余的。别人并不从我所担忧的角度来看，巡回展在 2000 年 3 月结束。《文艺研究杂志》2000 年第 1 期刊出了两篇文章，一篇是范迪安先生的《在观念与造型之间》，论我的雕塑；一篇是梅墨生先生的《论文化生命的秋实》，论我的书法。

三

我在展前抱有的两个忧虑在范迪安先生的文章中得到了排除。他把两个我所忧虑的弱点从积极方面做了肯定。

第一个弱点是"杂"。50年来的工作同时展出，岂能不杂？何况我的兴趣又触及多个领域。范先生的文章说："熊秉明先生的雕塑的几个系列在形态上各有风采，但贯注在其中的艺术精神都是一致的，是他努力接近雕塑本质的体现。"他把杂有雕塑、绘画、书法……的展览称作"综合性的"，并且说："这样一个综合性的展览不是一般意义上的'综合'，而是一个呈现了熊秉明多方面学养有机统一的整体。"

中国传统艺术有这样一个特点，也是哲学上"人能弘道，非道弘人"的意思，艺术来自人。先有活生生的人，然后有他的琴、棋、书、画诸艺。这特点有其优点，也有其缺点。优点是生活是首要的，艺术以现实生活为泉源、为基础、为内容；缺点是把艺术视为花，种在生活的盆里，难有西方人的冒险精神，走人未走过的路。西方艺术有强烈的专业性、工匠性，艺术家甚至可以把生命献给艺术，艺术是首要的。中国艺术家是一个文人，他和艺术的关系是孔子提出的"游于艺"。有这个"游"字，其创作的方式是"率意触情，草草便得"（郭熙）。西方雕塑太费力气，太耗时间，和中国文人精神相背驰。范先生把我的杂涉数艺的倾向不称为"文人的"，而称为"学者的"，当然有过斟酌。他对我的创作方式给了同情的理解，他说我是学者型艺术家，宽容了我的杂，排除了"附庸风雅，草草便得"的一面，肯定了专业性。但是否包括工匠性呢？他说："他的雕塑注重大的体感，富有强悍的力量，表现了中国古来传统中自强不

熊秉明《嚎叫的狼》

息、积健为雄的抱负；他的雕塑注重形象的提炼，富有极度沉静的内气，则表现了中国文人超脱、高逸的清流风度。沉雄的与冷逸的、古典的与现代的、理性的与诗意的，在……那里都同入襟怀，同时构筑成他独特的艺术境界。"并说在我的铁条鹤里看到了"东方式的极简主义"。我感谢他如此同情地来细看我的水牛及其他，而且拈出我所希望达到的意味，并且清楚地说出来。他终用了"文人"一词，但他同时用了自强、积健来挽回文人可能有的贫血。这些话不是西方艺评家所能道出来的。

他又说："在熊秉明先生的雕塑面前，总让人感到作品中透溢出来的是一种悲天悯人的悲剧色泽。去国怀乡，他的海外精神孤旅是如何化入手中的泥块和架上的金属，论者不敢妄言，但他在每一件作品的雕与塑中追求艺术观念的外化与落实，却是清晰可感的存在。"他所说的"雕与塑"指一种和物质接触的"工匠性"。这里也可以看出他的文章，在用词造句上的精审。至于"悲剧色泽"则是我自觉到的，像《嚎叫的狼》《跃仆的水牛》都是生的苦难的形象。但是"悲天悯人"的意味是我未曾自觉的。读到这里，不免心底感到震动。我以为"悲天悯人"是一种不可及的境界，也不可自觉。不是想要做悲天悯人的效果，便可以找出一些手法、一些技巧制作得出来的。这是一种生命状态、一种宗教感、一种存在的质地。

梅墨生先生的文章集中谈论我的书法。展览会上当然没有展出我有关书法方面的文章，只有二三十幅写我自己的小诗的书法。他读了我写的有关书法的绝大部分文章，特别是《中国书法理论体系》，做了细致的分析和肯定的评价，使我感激。他也谈到我在北京举办过的三个书法班：1985 年的书技班、1988 年的书艺班和 1992 年的书道班，并且预告了我想在 2002 年举办的"老年书法班"。至于我写的书法，他不做评语，不打分。他说："我甚至也不想用任何现成的'字体''书体''风格'之类的话去分析和形容熊秉明的书法。我只能说那是一个特定时空真实的熊秉明的'迹化'——它记录了一个远渡重洋、半个世纪漂泊异域的审美者的心灵实语。它的形式都不是'传统'的，新诗，横写，书写也极率真、自然，是'原样的璞'。"他的这一番话好像没有说什么，其实是最贴切的话，并且是我希望做到的。如果他指出结构出自某家，点画出自某家，那么坏了，我的模样原来还是古人的须眉。然而要做到"心灵实语"，并不容易。我想这是到了老年才会真正有此要求，也才会或者能做到。这样的书法是总结一生的经验和甘苦酝酿出来的，不是抄碑临帖练出来的。这是我个人今天的问题，但是我更希望和一些国内的老年书法家一同反思老年与书法的问题。这不只是一个书法艺术的事，或者哲学思辨的事；而是落实到个人身心性命的切身而严肃的问题。

写到这里，我想我终究是一个中国文化传统里的人，做艺术工作最后还是回归到生活与做人的问题上。

我在前面提到，在展览之前曾有过一种好奇心，我也许能以超然的眼光和看古人遗作的心情来看自己的作品，这一点我失望了。每一次展览我都无法从这些作品中摆脱出来，变成一个陌生的、冷静的观者。我终于只能凭借别人的眼光、别人的反应、别人的好恶、别人的语言来认识自己。萨特说：他人即地狱。人格主义者则说：有了他人，我才真正存在。

我们的 1999 年

今年的一件大事是 1 月 23 日我和丙安举行婚礼。晚宴在巴黎中国城大酒家设席十桌，老友、新友和家人约百人参加。

今年的主要工作是两岸五城的巡回展：北京、上海、昆明、台北、高雄（高雄将在明年 1 月举行）。

巡回展是丙安的设想。她以为我到了这个年纪，应该把一生的工作做个总结，给人们看看我究竟做了些什么，特别是为关心我的人。我自己则很犹豫。在法国 52 年，道路曲折，也多歧。我到巴黎一年后转习雕刻，四五年后开始艺术活动，以艺术为职业约十五年。但我究竟是哲学出身，不能适应艺术市场的约束和压力。比如我无法给自己的作品一个市场价格，要高了，觉得对不起爱好者；要低了，对不起自己。我全无商业头脑。后来东方语言文化学院聘请教师，问及我，我欣然应聘，以为可以用安定的收入养家，以业余时间创作。不料"一去三十年"。教学工作渐渐繁重，其后担任中文系系主任，艺术工作日渐收缩，幸而并未完全放弃，而且配合上课写成一本《中国书法理论体系》。此外写了《关于罗丹——日记择抄》《张旭狂草》《展览会的观念——或者观念的展览会》《回归的塑造》《诗三篇》《看蒙娜丽莎看》等书。68 岁时退休，重新拿起铁锤打铁。到今天刚好 10 年，所以专一地做艺术工作的时间不算长，而在艺术园地里，我也并不专一。做雕刻之外，也作画，试书法，写文章。所以要我举行回顾性的展览，我实在胆怯。若同时展出雕刻、绘画、书法、诗文……人们很可能会觉得：一、太杂，像摆杂货摊；二、兴趣精力太分散，像十项全能的运动员，样样都不精。若没有丙安的勇气和固执，我大概是会放弃这计划的。也很幸运，一位台北画廊经理谢素贞女士，颇欣赏我的作品，她被新调到高雄山艺术文教基金会美术馆任执行馆长。她欣然同意丙安的建议，得到了山基金

看蒙娜丽莎看

会董事长林明哲先生的鼎力支持，这样一个庞大的计划于是着手进行。从筹划到 1999 年 5 月在第一站北京正式展出，用了一年多的时间。5 个城市的巡回展所要调动的人力、物力、财力实在是可观的，也要感谢北京中央美院、北京美术馆、上海美术馆、昆明市博物馆、云南画院、台北历史博物馆、高雄山美术馆的积极工作与配合。我和丙安在半年内东西两半球来回 5 次。每次都有奔波、时差之苦，而每到一地都要布展、开幕，应付记者招待会、研讨会……但是总的说来，可称满意。我所忧虑的并没有出现：一、人们并没有觉得"杂"，反而说这是中国传统、文人传统，中国文人并不是一个职业的什么"家"；二、人们并没有觉得样样都是半瓶醋，他们在每一种表现方式中都感到一定的深度和充实。此外有两点是许多人共同指出的：一、认为我的作品含有真诚和真实，和政治风暴时代的宣传艺术不同，和经济狂澜时代的包装艺术不同；二、认为我的手法是西方的、现代的，而传达的内容是中国的、乡土的。比如我展出的水牛，大半是在瑞士山中所做，后在巴黎工作室修改完成的。这些水牛当然不可能写实，全凭记忆和想象去刻画，有很大程度的变形。在昆明展出时，有人说："这是云南的水牛。"

巡回展之外，我为北京现代文学馆制作了鲁迅像，用厚铁板拼合焊接，风格可以说是立体表现主义。我以为这样的质地和手法符合鲁迅的精神。

熊秉明《水牛》

雕刻＆展览

在展览之前，我为目录册写了这样一段话："我好像在做一个试验。我是一粒中国文化的种子，落在西方的土地上，生了根，冒了芽，但是我不知道会开出什么样的花，红的、紫的、灰的？结出什么样的果，甜的、酸的、涩得像生柿子的？我完全不能预料。这是一个把自己的生命做试验品的试验。到今天，试验的结果如何呢？到了生命的秋末，不得不把寒伧的果子摆在朋友们的面前，我无骄傲，也不自卑。试验的结果就是这个样子。用生命做试验品的试验有成功与失败吗？近代爱尔兰作家贝克特说：'成功，对我毫无兴趣；我有兴趣的，是失败。'这句话反映出一些现代艺术家的创作心理，但我不喜欢说得那么极端。我更愿引庄子的话：'是非之彰也，道之所以亏也。道之所以亏，爱之所以成。果且有成与亏乎哉？果且无成与亏乎哉？'生命的意义还在失败与成功之外。"

图书在版编目(CIP)数据

看蒙娜丽莎看/熊秉明著. —上海:上海人民出
版社,2024
(熊秉明文艺三书)
ISBN 978 - 7 - 208 - 18773 - 3

Ⅰ. ①看… Ⅱ. ①熊… Ⅲ. ①散文集-中国-当代
Ⅳ. ①I267

中国国家版本馆 CIP 数据核字(2024)第 050146 号

责任编辑 罗俊华
封面设计 周伟伟

熊秉明文艺三书

看蒙娜丽莎看

熊秉明 著

出　　版　上海人&出版社
　　　　　(201101　上海市闵行区号景路 159 弄 C 座)
发　　行　上海人民出版社发行中心
印　　刷　上海中华印刷有限公司
开　　本　720×1000　1/16
印　　张　15
插　　页　2
字　　数　191,000
版　　次　2024 年 6 月第 1 版
印　　次　2024 年 6 月第 1 次印刷
ISBN 978 - 7 - 208 - 18773 - 3/J·705
定　　价　88.00 元